Crimen y misterio

Antología de relatos de suspenso

SERIE ROJA

ALFAGUARA

Thomas Hardy

O Henry

Jack London

Edgar Allan Poe

Robert Louis Stevenson

Oscar Wilde

Prólogo y estudio: **Pablo De Santis**

SERIE ROJA

ALFAGUARA

ALFAGUARA

CRIMEN Y MISTERIO

D.R. © Los ladrones que no podían dejar de estornudar, Thomas Hardy, 1877
D.R. © El regalo de Navidad del chaparral, O Henry, 1910
D.R. © La historia del Hombre Leopardo, Jack London, 1903
D.R. © El corazón delator, Edgar Allan Poe, 1843.
D.R. © Markheim, Robert Louis Stevenson, 1844.
D.R. © El crimen de lord Arthur Saville, Oscar Wilde, 1891
D.R. © Prólogo y estudio: Pablo de Santis
Selección de textos: Fabiana A. Sordi

D.R. © De esta edición:
Santillana Ediciones Generales, S.A. de C.V., 2006
Av. Universidad 767, Col. Del Valle
03100, México, D.F.

Alfaguara es un sello editorial del Grupo Santillana.
Éstas son sus sedes:

ARGENTINA, BOLIVIA, CHILE, COLOMBIA, COSTA RICA, ECUADOR, EL SALVADOR, ESPAÑA,
ESTADOS UNIDOS, GUATEMALA, MÉXICO, PANAMÁ, PARAGUAY, PERÚ, PUERTO RICO, REPÚBLICA
DOMINICANA, URUGUAY Y VENEZUELA.

Primera edición: enero de 2006
Segunda reimpresión: abril de 2006
Tercera reimpresión: agosto de 2006
Cuarta reimpresión: abril de 2008

ISBN: 978-970-770-300-8

Impreso en México

[Prólogo]

por Pablo De Santis

Los relatos policiales cuentan, en general, dos historias. La primera es la historia de la investigación, hecha de pistas, sospechas y sucesivas, y tal vez falsas, revelaciones, hasta llegar a la iluminación y a la verdad. La segunda es la historia del crimen, que sólo se revela al final. El protagonista de la primera historia es el detective; el de la segunda, el criminal. El detective es un hermano secreto del lector; ambos leen las pistas y conjeturan posibles argumentos. El criminal, en cambio, es hermano del escritor: los dos tratan de distraer al lector y de borrar las pruebas, confundiendo la trama verdadera con otros argumentos posibles para que no se note que lo evidente estaba allí desde el principio.

No sabemos por qué nos gustan las historias de crímenes, pero ese secreto final se ha convertido en una perfecta metáfora del secreto que toda lectura implica. Leemos para saber algo, leemos para que aparezca algo que está escondido. En los cuentos de esta antología, en cambio, no se cumplen del todo las reglas del policial. Cuando nos asomemos a estos relatos, veremos que la primera historia, la de la investigación, ha desaparecido, y con ella el detective. Nos queda la segunda historia, la del crimen.

En estas páginas el enigma está ausente: sabemos, en la mayoría de los casos, quién es el criminal y cómo cometió el crimen (a veces sabemos el nombre del asesino aun antes de que el asesinato ocurra, como en "El crimen de lord Arthur Saville"). Son otros los elementos de la trama los que faltan, son otras las sorpresas que deparan los finales.

El primer relato, el de Thomas Hardy, es el que más lejos está del policial y sólo se relaciona con el mundo del crimen por la presencia de los ladrones. Es un cuento de ingenio, con reminiscencias de los cuentos de pícaros que abundan en las tradiciones folclóricas. "El regalo de Navidad del chaparral", de O Henry, visita dos géneros: el de la literatura del oeste, con sus consabidos pistoleros, y el de los cuentos sobre la Navidad, con final edificante, que acostumbraban publicar las revistas de la época. Recordemos que el cuento más famoso de O Henry también está relacionado con una fiesta de la cristiandad: "El regalo de reyes".

"El corazón delator", de Edgar Allan Poe, y "Markheim", de Robert Louis Stevenson, son pesadillas dictadas por la culpa. Están más cerca del género fantástico que del policial, a pesar de que hay un crimen en cada una. Son relatos acerca de los fantasmas del remordimiento. En el de Stevenson está el misterioso visitante, al que una lectura alegórica señalaría como la conciencia; en el de Poe, ese corazón que late bajo el suelo. Poe procuró llegar al horror despejando el género de elementos sobrenaturales; expulsó a los fantasmas de su literatura para reemplazarlos por las alucinaciones de la mente. Este corazón que sigue latiendo bajo las tablas del piso es una de las imágenes más poderosas de su literatura. La historieta argentina tiene dos versiones de este cuento y es interesante compararlas: la de Alberto Breccia y Carlos Trillo (incluida en el libro *Breccia negro*) y la de Horacio Lalia (en *La mano del muerto y otras historias*).

El cuento de Jack London transcurre en un circo y tal vez toda antología se parezca a un espectáculo circense: aparecen unos personajes en escena, cumplen su papel y luego se retiran (entre aplausos o silbidos, según el caso) para dejar lugar a otros personajes, sin relación alguna con los anteriores. El hombre leopardo nos cuenta la historia de un asesinato en un circo: la víctima es el domador; el arma, el león... pero falta otra arma, que el hombre leopardo sólo nos revelará al final.

En el último relato, "El crimen de lord Arthur Saville", está concentrado todo el arte de Oscar Wilde: el brillo de los diálogos, como en sus mejores piezas teatrales, el ingenio en las intervenciones del personaje de lady Windermere —pródiga, como el autor irlandés, en frases memorables—, pero también la visión de un mundo más oscuro, que lo acerca a las sombras góticas de su novela *El retrato de Dorian Gray*. Lord Saville podría ser un personaje increíble, una mera marioneta de su autor, un ser ridículo a causa de su fe absoluta en la profecía del señor Podgers. Pero un detalle lo vuelve humano: acosado por su horrible secreto, mira con melancólica envidia a los hombres que llegan a Londres a vender mercadería y para quienes la ciudad no es más que un gran mercado. Para él, en cambio, es el sombrío escenario de un crimen futuro.

Sin detectives a la vista, les toca a los criminales hacerse dueños absolutos de la escena. Borran las pistas y se lavan la sangre de las manos, pero bajo las tablas del piso se sigue escuchando el latido de un corazón.

Los ladrones que no podían dejar de estornudar

Thomas Hardy

Hace muchos años, cuando los robles, ahora en decadencia, eran todavía tan pequeños como el bastón de un anciano, vivía en Wessex el hijo de un labrador, llamado Hubert. Tenía catorce años y sobresalía tanto por su franqueza y vivacidad como por su coraje, de lo cual, de hecho, se sentía muy orgulloso.

Una Nochebuena muy fría, su padre, quien no contaba con otra ayuda, lo envió con un encargo importante a un pequeño pueblo situado a varios kilómetros de distancia. El muchacho viajó a caballo y estuvo ocupado con esa diligencia hasta bien avanzada la tarde. Cuando por fin terminó, regresó a la posada, ensilló al caballo e inició el camino de regreso. Durante el viaje a casa debía pasar por el Valle de Blackmore, una región fértil pero solitaria, con grandes caminos de barro y rutas sinuosas. En esos días, además, gran parte de la zona estaba densamente poblada de árboles.

A eso de las nueve de la noche, montando a Jerry, su percherón de fuertes patas, Hubert cabalgaba a través de los árboles de ramas colgantes mientras cantaba un villancico acorde con la época del año. De pronto, creyó oír un ruido que provenía de los ramales. Recordó entonces que el lugar por donde transitaba tenía un nombre maligno.

Habían asaltado a varios hombres ahí. Miró a Jerry: deseó que el caballo fuese de cualquier otro color menos gris claro, pues por esa razón la silueta del dócil animal era visible incluso entre las espesas sombras.

—¿De qué me preocupo? —dijo en voz alta, tras meditar unos segundos—. Las patas de Jerry son muy ligeras y no dejarán que se nos acerque un bandolero.

—¡Ja, ja! ¡Sin duda! —respondió una voz grave.

Y en ese momento surgió un hombre, rápido como un rayo, del matorral situado a la derecha; luego, otro, del matorral a la izquierda; y uno más, de un tronco a pocos metros delante de él. Se apoderaron de la brida de Hubert, lo bajaron del caballo y, aunque se defendió con todas sus fuerzas como cualquier muchacho valiente hubiera hecho, lo vencieron. Le ataron los brazos a la espalda, le amarraron con fuerza las piernas y lo arrojaron a una zanja. Los ladrones, cuyos rostros estaban tiznados de negro, como logró percibir débilmente en ese instante, huyeron de inmediato y se llevaron al caballo.

Apenas se recuperó, Hubert pudo sacarse la cuerda de las piernas con gran esfuerzo pero, a pesar de todos sus intentos, no logró desatarse los brazos. Así pues, su única salida era ponerse de pie y seguir adelante, con las manos a la espalda, y esperar que la providencia se encargara de soltarlas. Sabía que era imposible llegar a pie hasta su casa esa noche, y menos en tales condiciones: aun así, comenzó a avanzar. Como el ataque le había causado gran confusión, se perdió y hubiera preferido acurrucarse entre las hojas muertas y descansar hasta que amaneciera, pero conocía los peligros de dormir sin mantas bajo un frío tan severo.

Así que continuó su camino, con los brazos contraídos e insensibles por la cuerda que los inmovilizaba y dolorido por la pérdida del pobre Jerry, que nunca había dado coces, ni mordido, ni tenía costumbres ariscas. Se alegró mucho cuando vio una luz distante a través del follaje. Se encaminó hacia allá, y al poco rato se topó con una formidable mansión de grandes alas en los flancos, aguilones y torres, y cuyos muros almenados y chimeneas resaltaban a la luz de las estrellas.

El silencio era absoluto, pero la puerta estaba abierta de par en par; de ese lugar emanaba la luz que lo había atraído. Al entrar, se encontró en una gigantesca habitación decorada como un comedor y brillantemente iluminada. Las paredes estaban revestidas de oscuros paneles, tallas, armarios empotrados y todo el mobiliario que se suele encontrar en casas como ésa. Pero lo que más le llamó la atención fue la amplia mesa en el centro del salón comedor, sobre la cual se desplegaba una suntuosa cena, al parecer intacta. Había sillas alrededor y daba la impresión de que algo había interrumpido la velada en el preciso momento en que estaba por empezar.

Aunque lo hubiese querido, Hubert no habría podido comer en el triste estado en que se encontraba, a menos que lamiera alguno de los platos, como un cerdo o una vaca. Antes que nada, necesitaba ayuda; y estaba a punto de empezar a recorrer la mansión cuando oyó pasos apresurados en el porche y la palabra "¡rápido!" pronunciada por la misma voz que había oído cuando le robaron el caballo. Apenas tuvo tiempo para esconderse bajo la mesa antes de que los tres hombres ingresaran en el comedor. Al espiar entre los bordes del mantel, notó que sus caras también estaban tiznadas de negro, lo que terminó de convencerlo de que se trataba de los mismos ladrones.

—Ahora, pues —dijo el primero, el hombre de voz grave—, debemos escondernos. Volverán muy pronto. Fue un buen truco sacarlos de la casa, ¿no es cierto?

—Sí, imitas muy bien la voz de un hombre en peligro —respondió el segundo.

—¡Muy bien, excelente! —observó el tercero.

—Pero pronto se van a dar cuenta de que fue una falsa alarma. Bueno, ¿dónde nos esconderemos? Tiene que ser en un lugar donde podamos esperar durante dos o tres horas, hasta que se vayan a la cama y se queden dormidos. ¡Ah, ya sé! ¡Vamos! Tengo entendido que sólo abren el armario del lado opuesto una vez al año. Nos servirá de maravilla.

Tras decir estas palabras, el hombre avanzó hacia un pasillo que comunicaba con el vestíbulo. Hubert se arrastró con cautela un poco más y vio que el armario se encontraba en el otro extremo, frente al comedor. Los ladrones entraron y cerraron la puerta. Con el aliento entrecortado, Hubert avanzó sigilosamente con el propósito de enterarse, en lo posible, de sus intenciones; al acercarse, pudo oír que los ladrones hablaban, entre susurros, de las habitaciones que contenían las joyas, la platería y los demás objetos valiosos que se disponían a robar.

No bien se escondieron, las alegres conversaciones de una multitud de hombres y mujeres surgieron desde la terraza. Hubert pensó que no era conveniente que lo encontraran merodeando por la casa, a menos que quisiera ser tomado por ladrón; así que se escabulló hacia el vestíbulo, avanzó hasta la puerta y se ocultó en un oscuro rincón del porche, desde donde podía observar todo sin ser visto. Después de unos minutos, un tropel de gente pasó por su lado e ingresó en la casa. Había un señor mayor y una dama, ocho o nueve muchachas, igual número de jóvenes y media docena de criados y sirvientas. Al parecer, los habitantes de la mansión la habían dejado completamente vacía.

—Ahora, niños y jóvenes, terminaremos nuestra cena —dijo el hombre mayor—. No sé qué pudo haber sido aquel ruido; nunca en mi vida tuve una impresión tan certera de que asesinaban a alguien en la puerta de mi casa.

Entonces, las damas empezaron a hablar de lo mucho que se habían asustado, de la aventura que esperaban tener y de cómo acabó en nada.

"Tengan paciencia", pensó Hubert. "Más tarde vivirán una gran aventura, estimadas damas."

Al parecer, los hombres y las mujeres jóvenes eran los hijos casados de la pareja de edad, los cuales habían llegado de visita para pasar la Navidad con sus padres.

Entonces se cerraron las puertas y Hubert quedó afuera, en el porche de la casa. Se le ocurrió que era el momento oportuno de pedir ayuda y, puesto que no podía golpear con las manos, empezó a patear enérgicamente el portón.

—¡Hola! ¿Por qué tanto alboroto? —dijo el lacayo que abrió la puerta, mientras alzaba a Hubert de los hombros y lo introducía en el comedor–. Encontré a este extraño muchacho haciendo ruido en el porche, sir Simon.

Todos se dieron vuelta.

–Tráelo aquí –ordenó sir Simon, el hombre mayor ya mencionado–. ¿Qué hacías allí, pequeño?

–¡Miren! ¡Tiene los brazos atados! –exclamó una de las jóvenes.

–¡Pobrecillo! –se condolió otra.

De inmediato, Hubert les contó que había sufrido un asalto cuando regresaba a su casa. Los ladrones le habían robado el caballo y luego, despiadadamente, lo habían abandonado en ese estado.

–¡Parece mentira! –exclamó sir Simon.

–¡Qué historia! –dijo uno de los invitados, con incredulidad.

–Poco creíble, ¿no es cierto? –preguntó sir Simon.

–Quizás él mismo sea un ladrón –insinuó una dama.

–Ahora que lo observo con detenimiento, tiene un aspecto curiosamente feroz y perverso, por cierto –dijo la madre.

Hubert se ruborizó avergonzado y, en vez de continuar con su historia y avisarles que los ladrones estaban escondidos dentro de la casa, se mordió la lengua y decidió dejar que ellos descubrieran el peligro por su cuenta.

–Bueno, desátenlo –dijo sir Simon–. Después de todo, es Nochebuena; lo atenderemos bien. Por aquí, hijo; siéntate en esa silla vacía en el extremo de la mesa y come lo que quieras. Cuando estés satisfecho, seguiremos escuchando más detalles de tu historia.

El banquete siguió su curso y Hubert, ya libre, no lamentó habérseles unido. Mientras más comían y bebían, más se alegraba el grupo. El vino fluía con generosidad, los leños ardían en la chimenea, las mujeres reían con los cuentos de los caballeros; en resumen, todo resultó tan agradable y bullicioso como solían celebrarse, sin duda, las navidades en tiempos pasados.

Aunque las sospechas acerca de su honestidad lo habían ofendido, Hubert no pudo evitar sentirse muy cómodo, en cuerpo y alma, con el buen humor, el ambiente y regocijo que mostraban sus anfitriones. Al final, rió tanto como el viejo barón, sir Simon, con las historias y chistes que se contaron. Poco antes de terminar la cena, uno de los hijos, que había bebido más vino del que debía, como solían hacer los hombres en esas épocas, le dijo:

—Bueno, muchacho, ¿cómo te sientes? ¿Podrás aspirar un poco de rapé? —le ofreció una de esas tabaqueras que empezaban a hacerse populares entre los hombres de todas las edades alrededor del país.

—Gracias —dijo Hubert, tomando una pizca de tabaco.

—Demuéstrales a las damas quién eres y qué puedes hacer —continuó el joven, palmeando a Hubert en el hombro.

—Claro que sí —respondió nuestro héroe, levantándose del asiento y pensando que convenía enfrentar con audacia la situación—. Soy un mago itinerante.

—¡De veras!

—¿Qué nos dirá ahora?

—¿Puedes invocar a los espíritus de las inmensas profundidades, pequeño brujo?

—Puedo conjurar una tormenta en un armario —respondió Hubert.

—¡Ja, ja! —rió el viejo barón, frotándose las manos con placer—. Tenemos que ver ese espectáculo. Niñas, no se alejen: esto merece su atención.

—Espero que no sea peligroso —dijo la señora mayor.

Hubert se levantó de la mesa.

—Permítame su caja de rapé, por favor —le pidió al joven caballero que le había hecho el ofrecimiento—. Y ahora —continuó—, sin hacer el menor ruido, síganme. Si alguno llegara a hablar, se romperá el hechizo.

Todos prometieron hacerle caso. Avanzó por el pasillo y, luego de quitarse los zapatos, fue hasta la puerta del armario en puntas de pie, mientras los invitados lo seguían, en sigilosa procesión, a corta distancia. Enseguida Hubert colocó un taburete frente a la puerta y, parado sobre éste, logró alcanzar el dintel. Entonces, siempre en silencio, volcó el contenido de la caja por el extremo superior y, con un par de soplidos, introdujo el tabaco por la abertura hacia el interior del armario. Después hizo una seña con el dedo para que su público permaneciera callado.

—¡Válgame Dios! ¿Qué fue eso? —exclamó la señora mayor, luego de un minuto o dos.

El ruido apagado de un estornudo surgió del interior del armario.

Hubert volvió a hacer una seña con el dedo.

—Qué extraordinario —murmuró sir Simon—. Es de lo más interesante.

Hubert aprovechó el momento para correr suavemente el cerrojo de la puerta.

—Más tabaco —dijo, con tranquilidad.

—Más tabaco —repitió sir Simon. Dos caballeros le acercaron sus cajas de rapé y Hubert siguió echando el polvo a través del dintel. Se oyó un nuevo estornudo, no tan apagado como el anterior; luego otro que daba a entender, en apariencia, que ya nada podía controlarlo. Al poco rato, estalló una verdadera tormenta de estornudos.

—¡Excelente, excelente, para alguien tan joven! —exclamó sir Simon—. Estoy muy interesado en la técnica de separar la voz... Se llama, tengo entendido, ventrilocuismo.

—Más tabaco —pidió Hubert.

—Más tabaco —repitió sir Simon. Su criado le trajo un enorme frasco del mejor tabaco perfumado escocés.

Una vez más, Hubert se acercó al dintel y sopló el tabaco hacia el interior, igual que antes. Repitió la operación una y otra vez, hasta terminar con el contenido del frasco. La batahola de estornudos pronto se convirtió en un ruido extraordinario: no tenía cuándo acabar. Sonaba como el viento, la lluvia y el estruendo de las olas durante un huracán.

—¡Me parece que hay gente adentro y que esto no es un truco! —exclamó sir Simon, cayendo en la cuenta de lo que sucedía.

—Sí, hay gente —dijo Hubert—; vinieron a saquear la casa y son los mismos que me robaron el caballo.

Los estornudos se transformaron en quejidos espasmódicos. Uno de los ladrones, al oír la voz de Hubert, gritó:

—¡Oh, piedad, piedad! ¡Déjanos salir de aquí!

—¿Dónde está mi caballo? —preguntó Hubert.

—Atado a un árbol en la hondonada, detrás del patíbulo del pueblo. ¡Piedad! ¡Piedad! Déjanos salir de aquí, o moriremos de asfixia.

Los invitados a la fiesta navideña se dieron cuenta de que no era un juego, sino una situación seria. Se armaron de pistolas y garrotes, llamaron a todos los sirvientes y se colocaron en posición frente a la puerta del armario. Con una señal, Hubert quitó el cerrojo y se puso a la defensiva. Pero los tres ladrones, en lugar de atacarlos, se quedaron agazapados en una esquina, jadeantes. No opusieron resistencia. Ya atados, los trasladaron a un edificio contiguo hasta la mañana siguiente.

Entonces, Hubert terminó de contar su historia al grupo y todos le agradecieron efusivamente por los servicios prestados. Sir Simon lo invitó a pasar la noche y a que se alojara en la mejor habitación de la residencia, alcoba que había sido ocupada, primero, por la reina Isabel y luego por el rey Carlos, durante sus visitas a esa parte del reino. Pero Hubert rechazó la oferta, ya que seguía preocupado por Jerry, su caballo, y quería estar seguro de que los ladrones le habían dicho la verdad.

Varios de los invitados lo acompañaron hasta la hondonada detrás del patíbulo donde, según los ladrones, habían escondido a Jerry. Cuando pasaron la loma y dieron un vistazo, ¡oh, sorpresa!, ahí estaba el percherón, ileso y muy tranquilo. Cuando vio a Hubert dio un relincho de alegría; nada pudo hacer más feliz al muchacho que encontrar a su amigo. Subió al caballo, deseó las buenas noches a sus anfitriones e inició el galope hacia la dirección que le indicaron, con lo cual llegó sano y salvo a su casa alrededor de las cuatro de la mañana.

Título original: "The Thieves Who Couldn't Help Sneezing", 1877, en *Father Christmas Annual*.
Traducción: Luz Freire.

El regalo de Navidad del chaparral

O Henry

Veinte años tardó en crecer la causa principal del conflicto. Pero cuando se cumplió ese plazo, bien valió la pena.

Cualquiera que hubiese vivido a ochenta kilómetros del Rancho Sundown habría oído hablar del tema. Éste tenía cabellos abundantes de color negro azabache, ojos pardos oscuros, de mirada franca, y una risa cantarina que corría a través de la pradera como el rumor de un arroyo subterráneo. Se llamaba Rosita McMullen y era la hija del viejo McMullen del Rancho de Ovejas Sundown.

Montados en sus corceles ruanos, o para ser más exacto, en un pinto y en un alazán pulguiento, llegaron dos pretendientes. Uno era Madison Lane; el otro, el Frío Kid. Pero en esa época todavía no se llamaba el Frío Kid, porque aún no merecía ninguna nomenclatura especial. Su nombre era simplemente Johnny McRoy.

No vaya a creerse que estos dos eran los únicos admiradores de la simpática Rosita. Los potros de una docena de pretendientes esperaban inquietos en el largo palenque del Rancho Sundown. Muchas eran las miradas de carnero degollado que se veían por aquellas llanuras y que no pertenecían a los rebaños de Dan McMullen. Pero entre todos los caballeros, Madison Lane y Johnny McRoy galoparon a la cabeza, de modo que merecen que contemos su historia.

Madison Lane, un joven ganadero de la región de Nueces, ganó la competencia. Rosita y Madison se casaron en Navidad. Con sus pistolas al cinto, alegres, vociferantes, magnánimos, los vaqueros y los ovejeros dejaron de lado sus odios ancestrales y se unieron para festejar la boda.

Resonaron en el Rancho Sundown bromas y disparos, brillos de espuelas y de ojos radiantes, y efusivas felicitaciones de hombres de campo.

Sin embargo, cuando la fiesta estaba en pleno apogeo, se apareció Johnny McRoy, corroído por los celos, como poseído.

—Les traje un regalo de Navidad —gritó con voz estridente desde la puerta y con el .45 desenfundado. Ya entonces tenía cierta fama de tirador irreflexivo.

La primera bala rozó la punta de la oreja derecha de Madison Lane. El cañón del revólver se movió dos centímetros. El siguiente disparo habría pegado en la novia si la mente de Carson, un ovejero, no hubiese tenido los gatillos bien aceitados y en buen estado. Cuando se sentaron a la mesa, los pistoleros de la fiesta del casamiento colgaron en los clavos de la pared los revólveres en sus cintos, en honor al buen gusto. Pero Carson, con gran rapidez, lanzó su plato de venado asado con frijoles a McRoy y le desvió la puntería. Así pues, la segunda bala sólo alcanzó a destrozar los blancos pétalos del jazmín de España que colgaba a sesenta centímetros de la cabeza de Rosita.

Los invitados se levantaron de las sillas y corrieron a buscar sus armas. Dispararles a la novia y al novio en un casamiento era considerado un acto impropio. En seis segundos, cerca de veinte balas zumbaron en dirección al señor McRoy.

—La próxima vez, apuntaré mejor —gritó Johnny—. Y habrá una próxima vez —y retrocedió rápidamente hacia la puerta.

Carson, el ovejero, decidido a intentar otra proeza debido al éxito del lanzamiento del plato, fue el primero en llegar a la puerta. Desde la oscuridad, lo abatió la bala de McRoy.

De inmediato, los ganaderos salieron tras él, clamando venganza pues, si bien el homicidio de un ovejero ha contado a veces con atenuantes, en este caso particular fue considerado un auténtico crimen. Carson era inocente; no era cómplice de los preparativos del matrimonio; nunca nadie lo había oído recitar a sus invitados el verso del conde de Surrey: "Sólo una vez al año es Navidad".

Pero la persecución falló en su intento de venganza. McRoy ya había montado su caballo y se alejaba, gritando maldiciones y amenazas, mientras galopaba por el tupido chaparral.

Esa noche selló el nacimiento del Frío Kid. Se convirtió en el "malvado" de aquella región del estado. El rechazo de la señorita McMullen a su petición de mano hizo de él un hombre peligroso. Cuando los agentes de policía fueron a buscarlo por el asesinato de Carson, mató a dos y así empezó su vida de proscrito. Se volvió un excelente tirador ambidiestro. Se aparecía en colonias y poblados, provocaba un lío ante la menor provocación, mataba a tiros a su hombre y se burlaba de los representantes de la ley. Era tan frío, mortífero y rápido, tan inhumano en su sed de sangre, que sólo se hicieron débiles intentos por capturarlo. Cuando al fin lo mató de un disparo un mexicano pequeño y manco, quien por poco sucumbió él mismo de terror, el Frío Kid tenía dieciocho muertes sobre su conciencia. Cerca de la mitad había caído en duelos limpios, según la rapidez en sacar y disparar; la otra mitad fue asesinada por puro capricho o crueldad.

A lo largo de la frontera corren historias sobre su insolente coraje y osadía. Pero el Kid no formaba parte de la casta de bandidos capaces de incurrir en raptos de generosidad o incluso de indulgencia. Dicen que nunca mostró misericordia por el responsable de su ira.

No obstante, en ésta y en todas las navidades, vale la pena reconocerle a cada uno, si es posible, hasta su más ínfimo rasgo de bondad. Si el Frío Kid en alguna oportunidad llevó a cabo un acto de benevolencia o sintió un impulso de generosidad en el corazón, fue durante las festividades y esto fue lo que ocurrió:

Quien alguna vez haya sufrido un fracaso sentimental nunca debería de oler el aroma de las flores de la retama. Reaviva la memoria hasta un grado muy peligroso.

Un diciembre, en la región del Frío, una retama floreció en pleno, pues el invierno había sido tan cálido como la primavera. Hacia allá se dirigió el Frío Kid, con su satélite y compañero de crímenes, el Mexicano Frank. El

Kid refrenó a su mustang y permaneció sentado en la silla, pensativo y ceñudo, con los ojos peligrosamente entrecerrados. El exquisito y dulce perfume de los capullos lo conmovió más allá de su frialdad y dureza.

—No sé en qué he estado pensando, Mex —comentó en su habitual tono lento y pesado—, como para olvidar el regalo de Navidad que debo hacer. Voy a cabalgar hasta allá mañana por la noche y voy a matar a Madison Lane en su propia casa. Me robó a mi chica; Rosita se hubiera quedado conmigo si él no se hubiese entrometido. Me pregunto por qué lo habré pasado por alto hasta hoy.

—Ay, caramba, Kid —respondió el Mexicano—, no digas tonterías. Sabes muy bien que no vas a poder acercarte ni a dos kilómetros de la casa de Mad Lane mañana por la noche. Vi al viejo Allen anteayer y me dijo que Mad va a celebrar la Navidad en su hogar. ¿Recuerdas cómo arruinaste a tiros las festividades cuando Mad se casó y las amenazas que hiciste? ¿Crees que Mad Lane no tiene los ojos bien abiertos por si llega el señor Kid? Ya me tienes muy cansado, Kid, con estos comentarios.

—Voy a ir a la celebración navideña de Madison Lane y lo mataré —repitió el Frío Kid, sin inmutarse—. Debí haberlo hecho hace mucho tiempo. Escucha, Mex, no hace ni dos semanas soñé que Rosita y yo estábamos casados y que vivíamos en una casa. Ella me sonreía y, ¡ay!, diablos, Mex, él se la llevó y me las va a pagar, sí señor, se la llevó en Nochebuena, será entonces cuando lo atrape.

—Hay varias maneras de suicidarse —le aconsejó el Mexicano—. ¿Por qué no te entregas al comisario?

—Lo atraparé —dijo Kid.

La Nochebuena resultó tan cálida como un día de primavera. Se percibía el frío lejano en el aire, pero burbujeaba como el agua mineral, perfumado suavemente por las flores tardías de la pradera y la hierba del algarrobo.

Al anochecer, las cinco o seis habitaciones de la casa hacienda estaban bien iluminadas. En un cuarto había un árbol de Navidad, puesto que los Lane tenían un hijo de tres años y esperaban a más de una docena de invitados de los ranchos vecinos.

Cuando cayó la noche, Madison Lane llamó a Jim Belcher y a otros tres vaqueros que trabajaban en el rancho.

—Bueno, muchachos —les dijo—, mantengan los ojos bien abiertos. Den vueltas alrededor de la casa y vigilen el camino. Todos ustedes saben quién es el Frío Kid, como lo llaman ahora, así que si lo ven, abran fuego sin hacer preguntas. Yo no tengo miedo de que aparezca; pero Rosita, sí. Todas las navidades, desde el día de nuestra boda, ella teme que venga aquí.

Los invitados llegaban en grandes carretas y a caballo, y se ponían cómodos en el interior de la casa.

La noche transcurrió de modo agradable. Los invitados disfrutaron y alabaron la cena de Rosita, y después los hombres se separaron en grupos por las habitaciones y en la amplia galería, mientras fumaban y charlaban.

El árbol de Navidad, como era de suponerse, fascinó a los más pequeños, quienes se alegraron aún más cuando Papá Noel en persona, ataviado con pieles y una magnífica barba blanca, hizo su aparición y comenzó a repartir regalos.

—Es mi papá —aseguró Billy Sampson, de seis años—. Ya lo he visto vestido así.

Berkly, un ovejero, viejo amigo de Lane, detuvo a Rosita mientras ella pasaba a su lado en la galería, donde éste se encontraba fumando.

—Bueno, señora Lane —dijo—, espero que en esta Navidad ya haya superado el miedo hacia ese sujeto McRoy, ¿verdad? Mire, Madison y yo estuvimos hablando del tema.

—Casi —respondió Rosita con una sonrisa—, pero todavía me pongo nerviosa de vez en cuando. Nunca olvidaré aquella horrible ocasión en la que por poco nos mata.

—Es el asesino más cruel del mundo —continuó Berkly—. Los ciudadanos de la frontera deberían de expulsarlo y cazarlo como a un lobo.

—Ha cometido crímenes terribles —dijo Rosita—, pero... no sé... Creo que siempre hay un poquito de bondad en todos nosotros. No siempre fue un mal hombre... Eso lo sé.

Rosita se dirigió al vestíbulo que separaba las habitaciones. Papá Noel, cubierto por la barba y las pieles, pasaba por allí en ese momento.

—Oí lo que usted dijo a través de la ventana, señora Lane —dijo—. Estaba a punto de sacar del bolsillo el regalo de Navidad de su marido. Pero, en cambio, dejé uno para usted. Está en la habitación a su derecha.

—Oh, gracias, bondadoso Papá Noel —contestó Rosita, con alegría.

Entró en la habitación, mientras Papá Noel salía al frío del patio.

Pero sólo encontró a Madison.

—¿Dónde está el regalo que Papá Noel dejó para mí? —preguntó.

—No he visto nada que parezca un regalo —respondió su marido, entre risas—, a menos que se haya referido a mí.

Al día siguiente, Gabriel Radd, capataz del Rancho X O, entró en la oficina de correos de Loma Alta.

—Bueno, parece que por fin acribillaron a balazos al Frío Kid —le contó al administrador del correo.

—¿En serio? ¿Cómo sucedió?

—¡Lo hizo uno de los pastores mexicanos del viejo Sánchez! ¡Imagínese! ¡Un pastor de ovejas mató al Frío Kid! Anoche, a las doce, el pobre tipo lo vio atravesar por su campo a caballo y se asustó tanto que le apuntó el Winchester y disparó a matar. Lo más curioso es que el Kid llevaba una barba blanca de piel de conejo y lucía un disfraz de Papá Noel de pies a cabeza. ¡Increíble, el Frío Kid haciendo de Papá Noel!

Título original: "A Chaparral Christmas Gift", en *Whirligigs*, 1910.
Traducción: Luz Freire.

La historia del Hombre Leopardo

Jack London

Tenía una mirada soñadora y distante. Su voz triste e insistente, con una forma de hablar suave como la de una criada, parecía representar plácidamente una arraigada melancolía. Era el Hombre Leopardo, pero no lo aparentaba. Su ocupación, su medio de vida, consistía en aparecer en una jaula de leopardos amaestrados ante auditorios numerosos y emocionar a sus espectadores con audaces exhibiciones. Sus patrones lo recompensaban luego según la magnitud de las emociones producidas en el público.

Como acabo de decir, no lo aparentaba. Era enjuto de cadera y de hombros, y anémico, aunque no parecía tan oprimido por la melancolía como por una dulce y dócil tristeza, cuyo peso soportaba también del mismo modo. Durante una hora, estuve tratando de sonsacarle alguna historia, pero parecía carecer de imaginación. Para él no había nada romántico en su magnífica profesión, ningún hecho audaz, ningún atractivo. Nada más que un aburrimiento infinito y una gris monotonía.

¿Leones? ¡Ah, sí! Había luchado con ellos. Nada importante. Lo único que tenía que hacer era mantenerse sobrio. Cualquiera podía golpear a un león con un palo hasta que se quedara quieto. Una vez había luchado con uno durante media hora. Le pegaba en la nariz cada vez que atacaba, y si, por medio de artimañas, lograba embestirlo, él tenía que extender la pierna, esperar a que intentara aferrarla y echarse hacia atrás y volver a pegarle en la nariz. Eso era todo.

Con la mirada distante y ese tono de voz suave, me mostró sus cicatrices. Tenía muchas, y entre ellas, una reciente provocada por una tigresa que le había atacado el hombro hasta alcanzarle el hueso. El abrigo que llevaba puesto tenía prolijos remiendos. Su antebrazo derecho parecía haber pasado por una trilladora; tales eran los estragos provocados por garras y colmillos. Pero no era nada, decía. Las viejas heridas sólo le molestaban cuando empezaba el tiempo lluvioso.

De pronto, su rostro se iluminó al recordar algo, pues estaba tan ansioso por contarme una historia como yo de escucharla.

—Supongo que habrá oído hablar del domador de leones que era odiado por otro hombre —comentó.

Hizo una pausa y miró pensativo a un león enfermo que estaba frente a él, en una jaula.

—Tiene dolor de muelas —me explicó—. Bueno, la actuación más importante del domador consistía en poner la cabeza entre las fauces del león. El hombre que lo odiaba iba siempre al espectáculo con la esperanza de ver al animal cerrar las fauces y triturarle la cabeza. Lo siguió en su gira por casi todo el país. Pasaron los años y todos envejecieron: el hombre, el domador y el león. Y finalmente, un día, sentado en el primer asiento, vio lo que tanto había esperado. El león cerró las fauces y no fue necesario llamar a ningún médico.

El Hombre Leopardo se miró las uñas con indiferencia, de un modo que hubiera sido crítico de no haber sido tan triste.

—Eso se llama paciencia —continuó—. Y es mi estilo. Pero no era el estilo de un hombre que yo conocía. Era un francés delgado, pequeño, más bajo que la estatura promedio, tragasables y malabarista. Se hacía llamar De Ville y tenía una bella esposa. Ella era trapecista y se sumergía en una red desde abajo del techo, y se daba vuelta en el camino de manera encantadora.

"De Ville se encolerizaba rápidamente, tan rápido como su mano, y su mano era tan rápida como la pata de un tigre. Un día, como el maestro de ceremonias lo insultó, lo empujó contra el fondo de pino blando que usaba para lanzar los cuchillos, tan rápido que su compañero no tuvo tiempo de pensar. Y allí, delante del público, De Ville mantuvo en vilo a los espectadores, con sus cuchillos, hundiéndolos en la madera alrededor de su compañero, tan cerca que le atravesaron la ropa y la mayoría le lastimó la piel.

"Los payasos tuvieron que quitarle los cuchillos para liberarlo, porque estaba inmovilizado. Entonces, se corrió el rumor de que había que cuidarse de De Ville, y nadie se animaba a tener con su esposa más que un trato correcto. Ella también era un poco ruda, pero todos le temían a De Ville.

"Aunque había un hombre que no tenía miedo de nada: Wallace. Era el domador de leones y hacía ese mismo truco de poner la cabeza en las fauces del león. Lo había hecho con muchos animales, pero prefería a Augustus, un león grande, amigable, en el que siempre podía confiar.

"Como le decía, Wallace (nosotros lo llamábamos el 'Rey' Wallace) no le temía a nada, a ningún ser vivo ni muerto. Era un rey, no había duda. Yo lo he visto, ebrio, meterse por una apuesta en la jaula de un león agresivo y, sin palo, golpearlo hasta el final. Lo hizo solamente con el puño en la nariz.

"Madame de Ville..."

Hubo un alboroto detrás de nosotros y el Hombre Leopardo miró, tranquilo, a su alrededor. Había una jaula dividida y un enorme lobo gris había capturado la pata del mono que se asomaba entre los barrotes que los separaban, y estaba tratando de quitársela con todas sus fuerzas. La pata parecía estirarse más y más, como un grueso elástico, y los pobres compañeros del mono estaban armando un terrible alboroto. No había ningún cuidador cerca, así que el Hombre Leopardo se aproximó, le dio al lobo un golpe fuerte en la nariz con un bastón liviano y regresó con una triste sonrisa, como ofreciendo disculpas, para retomar la oración inconclusa como si no hubiera habido ninguna interrupción.

—...miró al "Rey" Wallace y él la miró a ella, mientras De Ville los miraba a ambos de modo amenazante. Le advertimos a Wallace que se cuidara, pero fue en vano. Él se rió de nosotros, como se rió de De Ville cuando le introdujo la cabeza en un balde de engrudo porque quería pelear.

"De Ville se hallaba muy sucio. Yo lo ayudé a limpiarse; pero estaba muy tranquilo y no profirió ninguna amenaza. Sin embargo, vi un brillo en sus ojos que ya había visto a menudo en los ojos de los animales salvajes, e hice un esfuerzo para advertirle a Wallace por última vez que se cuidara. Éste se rió, pero desde entonces no miró mucho hacia donde estaba Madame de Ville.

"Pasaron varios meses. No había sucedido nada y yo empezaba a pensar que no había por qué temer. En esa época estábamos en el Oeste, en San Francisco. Ocurrió durante la actuación vespertina. La carpa grande estaba llena de mujeres y niños cuando fui a buscar a Red Denny, el encargado de la carpa, que se había ido con mi cuchillo.

"Al pasar junto a los vestuarios, miré por un agujero de la carpa para ver si lo localizaba. No estaba allí, pero justo enfrente de mí estaba el 'Rey' Wallace, vestido con malla, esperando su turno para salir con la jaula de leones amaestrados. Observaba muy entretenido una pelea entre una pareja de trapecistas. El resto de la gente en los vestuarios hacía lo mismo, menos De Ville, a quien noté mirando fijamente a Wallace sin disimular su odio. Wallace y los demás estaban demasiado ocupados con la pelea como para advertir esta situación o la que siguió.

"Pero yo lo vi por el agujero de la carpa. De Ville sacó un pañuelo del bolsillo y, como era un día de calor, simuló que se secaba el sudor del rostro y al mismo tiempo pasó junto a la espalda de Wallace. En ese momento, su mirada me preocupó, no solamente porque veía odio en ella, sino también triunfo.

"'Habrá que vigilar a De Ville', me dije a mí mismo, y realmente respiré aliviado cuando vi que salía por la entrada hacia los terrenos del circo y tomaba un tranvía para el centro de la ciudad. Unos minutos después, yo estaba en la carpa grande, donde había encontrado a Red

Denny. El 'Rey' Wallace estaba haciendo su espectáculo y mantenía al público hechizado. Se hallaba especialmente violento y los leones siguieron agitados hasta que terminaron gruñendo. Todos excepto el viejo Augustus, que estaba demasiado gordo y perezoso como para agitarse por algo.

"Finalmente, Wallace le golpeó las rodillas con el látigo para que se colocara en posición. El viejo Augustus, pestañeando afablemente, abrió las fauces y Wallace introdujo la cabeza en ellas. Luego, las mandíbulas se juntaron y crujieron, así."

El Hombre Leopardo sonrió con dulzura y nostalgia, y volvió a adquirir esa mirada distante.

—Y ése fue el final del "Rey" Wallace —prosiguió, con su voz grave y triste—. Una vez que pasó la excitación, aproveché la oportunidad, me incliné sobre él, olí la cabeza de Wallace y estornudé.

—¿Era... era? —pregunté, titubeando de ansiedad.

—Rapé que De Ville le había arrojado en el cabello dentro del vestuario. El viejo Augustus no tuvo la intención de hacerlo. Sólo estornudó.

Título original: "The Leopard Man's Story", 1903, en *Leslie's Magazine*, recogido luego en *Moon-Face and Others Stories*, 1906. Traducción: Fabiana A. Sordi.

El corazón delator

Edgar Allan Poe

¡Es cierto! He sido y soy terriblemente nervioso, ¿pero por qué van a decir que estoy loco? La enfermedad me ha aguzado los sentidos, no los ha destruido ni embotado. El oído era, de todos ellos, el más agudo. Oía todas las cosas del cielo y de la tierra. Oía muchas cosas del infierno. ¿Cómo puede ser entonces que esté loco? ¡Escuchen y observen con qué calma y con qué sano juicio puedo contarles toda la historia!

Me resulta imposible decir cómo se me ocurrió la idea por primera vez pero, una vez concebida, me obsesionó de día y de noche. No había ningún motivo, tampoco pasión. Yo amaba al viejo. Nunca me había hecho daño, jamás me había insultado. Tampoco quería quedarme con su dinero. ¡Creo que fue su ojo! ¡Sí, eso fue! Uno de sus ojos parecía el ojo de un buitre: un ojo azul pálido cubierto por una membrana. Cada vez que me miraba se me helaba la sangre. Entonces, gradualmente, muy gradualmente, decidí quitarle la vida al viejo para librarme de ese ojo para siempre.

Ésta es la cuestión. Ustedes me creen loco, pero los locos no razonan. ¡Deberían de haberme visto! Deberían de haber visto con qué astucia procedí, con qué cuidado, con qué perspicacia y con qué disimulo puse manos a la obra. Nunca fui tan amable con el viejo como la semana anterior al asesinato. Y todas las noches, alrededor de las doce, giraba el picaporte de su puerta y la abría ¡tan suavemente! Y cuando la abertura era suficiente como para pasar la cabeza, introducía un farol tapado, completamente tapado para que ninguna luz se filtrase dentro de la pieza, y entonces metía la cabeza. Oh, ¡ustedes se hubieran reído al verme meter la cabeza con tanto cuidado! La movía despacio, muy despacio, para no perturbar el sueño del viejo. Tardaba una hora en meter toda la cabeza dentro de la abertura para verlo echado sobre la cama. ¿Hubiera podido un loco actuar de manera tan astuta? Y cuando mi cabeza estaba bien adentro de la pieza, destapaba la lámpara con mucho cuidado —¡oh, con tanto cuidado!— porque las bisagras crujían. La abría solamente para que un único rayo de luz cayera sobre ese ojo de buitre. E hice esto mismo durante siete largas noches, justo a la medianoche. Pero me encontraba siempre con el ojo cerrado y entonces era imposible llevar a cabo el trabajo, porque no era el viejo el que me irritaba sino su ojo maligno. Y cada mañana, cuando amanecía, entraba con descaro en su habitación y conversaba con él animadamente, llamándolo por su nombre en tono cariñoso y preguntándole cómo había pasado la noche. Como pueden ver, el viejo tendría que haber sido muy perspicaz para sospechar que todas las noches, justo a las doce, yo lo observaba mientras dormía.

La octava noche fui aún más cuidadoso al abrir la puerta. Las agujas del reloj se movían mucho más rápido que mis manos. Nunca antes de esa noche había advertido el poder de mi fuerza y de mi sagacidad. Apenas podía reprimir la emoción de mi triunfo. Pensar que allí estaba yo, abriendo la puerta poco a poco y que él ni siquiera imaginaba mis actos o mis pensamientos secretos. La idea me hizo reír y quizá me haya oído, porque de pronto se movió en la cama, como sobresaltado. Ahora ustedes pueden pensar que retrocedí, pero no. La habitación estaba completamente oscura, las persianas permanecían bien cerradas por miedo a los ladrones, y yo sabía que él no era capaz de ver la abertura de la puerta, así que seguí empujándola, empujándola con firmeza.

Tenía la cabeza adentro y estaba por destapar el farol cuando mi pulgar resbaló sobre la perilla y el viejo saltó en la cama, gritando:

—¿Quién anda ahí?

Me quedé quieto y no dije nada. Durante una hora entera no moví ni un músculo y en ese lapso no lo oí volver a recostarse. Seguía sentado en la cama, escuchando, tal como yo lo había hecho, noche tras noche, contemplando la presencia de la muerte en las paredes.

Pronto oí un gemido débil y supe que era un gemido de terror mortal. No era un gemido de pena o de dolor, ¡no!, era el sonido sordo y sofocado que se eleva desde el fondo del alma cuando está poseída por el miedo. Yo conocía muy bien ese sonido. Muchas noches, a medianoche, cuando todo el mundo dormía, había brotado de mi propio pecho, aumentando con su eco espantoso el terror que me enloquecía. Dije que lo conocía bien. Sabía lo que el viejo sentía y lo compadecía, aunque también me hacía reír. Sabía que él había permanecido despierto desde el primer ruido suave, cuando se había movido en la cama. El miedo había comenzado a invadirlo. Intentaba imaginar que el miedo no tenía sentido pero no podía. Se había estado diciendo a sí mismo: "No es más que el viento de la chimenea", "es sólo una rata que corre" o "es tan sólo algún grillo que canta". Sí, había intentado conformarse con todas estas suposiciones, pero había sido todo en vano. Todo en vano, porque la Muerte, al acercarse, lo había rozado con su sombra negra y lo había envuelto. Y fue el tétrico influjo de la sombra no percibida el que le hizo sentir, a pesar de no verla ni oírla, la presencia de mi cabeza dentro de su habitación.

Después de esperar un largo rato, con mucha paciencia y sin haberlo oído recostarse, resolví destapar una hendija pequeña, muy pequeña, en el farol. Entonces la destapé —¡no pueden imaginarse con cuánta cautela!— hasta que, por fin, un único y débil rayo, delgado como la tela de una araña, salió de la hendija y cayó sobre el ojo de buitre.

Estaba abierto, bien, bien abierto, y la furia me invadió al verlo. Pude distinguirlo perfectamente: todo de un azul pálido, con un velo odioso por encima que me helaba hasta la médula de los huesos. Pero no pude ver ninguna otra parte de su cara ni de su cuerpo porque sólo había dirigido el rayo, como por instinto, con una precisión increíble sobre el condenado lugar.

¿Acaso no les dije que lo que ustedes llaman locura es solamente una hipersensibilidad de los sentidos? En ese momento llegó hasta mis oídos un sonido imperceptible, débil y rápido, como el que produce un reloj envuelto en algodón. Yo conocía demasiado bien ese sonido: era el latido del corazón del viejo. Aumentó mi furia de la misma manera que el redoble de un tambor aumenta el valor de un soldado.

Pero aún me contuve y permanecí inmóvil. Apenas respiraba. Sostuve el farol sin moverme. Traté por todos los medios de mantener el rayo firme sobre el ojo, mientras el latido endemoniado del corazón aumentaba. Se volvió cada vez más rápido y más fuerte, ¡más fuerte! ¡El terror del viejo debió de haber sido extremo! El latido de su corazón se hacía más fuerte a cada instante. ¿Se dan cuenta? Les dije que era nervioso y lo soy. Y en ese momento, en las horas muertas de la noche, en medio de un terrible silencio en la vieja casa, un sonido tan extraño como ése generaba en mí un terror incontrolable. Aun así me contuve durante unos minutos más y permanecí inmóvil. Pero el latido se volvía cada vez más fuerte, ¡más fuerte! Creí que el corazón iba a estallar. Y entonces me invadió una nueva ansiedad: algún vecino podría oír el sonido. ¡La hora del viejo había llegado! Profiriendo un alarido, abrí completamente el farol y salté adentro del cuarto. Él gritó una vez, sólo una. En un instante lo arrastré por el piso y lo aplasté con la pesada cama. Entonces sonreí con satisfacción porque el hecho estaba casi consumado. Pero durante varios minutos el corazón siguió latiendo con un sonido sordo y ahogado. Esto, sin embargo, no me molestó; no podían oírlo del otro lado de la pared. Por fin, cesó. El viejo había muerto. Corrí la cama y examiné el cadáver. Sí, estaba tieso, duro como una piedra. Coloqué la mano sobre su corazón y la dejé allí unos minutos. No había pulsaciones. El viejo estaba muerto. Su ojo no me atormentaría más.

Si todavía me creen loco, no seguirán creyéndolo cuando les describa las sabias precauciones que tomé para ocultar el cadáver. La noche declinaba, así que tuve que trabajar rápidamente, en silencio. Primero descuarticé el cuerpo: le corté la cabeza, los brazos y las piernas.

Luego levanté tres listones del piso de la habitación y deposité todo entre los maderos. Volví a colocar las tablas con tanta habilidad e inteligencia que ningún ojo humano, ni siquiera el suyo, hubiera podido advertir algo fuera de lugar. No había nada que lavar. Ninguna mancha, ninguna gota de sangre. Había sido muy precavido para evitarlas y había recogido todo con una palangana. ¡Ja, ja!

Cuando terminé todas estas tareas eran las cuatro y todavía estaba tan oscuro como si fuera medianoche. El campanario dio la hora y alguien llamó a la puerta de calle. Fui a abrir con toda tranquilidad ya que, una vez terminado el trabajo, ¿qué podía temer? Entraron tres hombres que se presentaron amablemente como agentes de policía. Un vecino había oído un grito durante la noche; sospechaban que alguien hubiera cometido un crimen. Se había sentado una denuncia en la seccional policial y ellos habían sido designados para revisar la casa.

Sonreí. ¿Qué podía temer? Hice pasar a los caballeros. El grito, les dije, lo había emitido yo mismo entre sueños. Les comenté que el viejo se hallaba en el campo. Llevé a mis visitantes a recorrer toda la casa. Los invité a que revisaran bien, muy bien. Luego los llevé a su habitación y les mostré los tesoros del viejo, seguros e intactos. Estaba tan confiado que les traje unas sillas al cuarto y los convencí para que descansaran allí un poco, mientras yo mismo, en la audacia más extrema de mi perfecto triunfo, coloqué mi propia silla sobre el lugar exacto en el que yacía el cadáver de mi víctima.

Los policías estaban satisfechos. Mi estilo los había convencido. Yo estaba particularmente cómodo. Se sentaron a charlar sobre cosas nimias, mientras yo les respondía animado. Pero al poco tiempo comencé a sentir que empalidecía y empecé a desear que se fueran. Me dolía la cabeza y me pareció que los oídos me zumbaban. Sin embargo, ellos seguían sentados conversando. El zumbido se hacía cada vez más marcado. Seguí conversando para tratar de librarme de esa sensación, pero el ruido continuaba y ganaba más nitidez a cada momento, hasta que finalmente noté que no se hallaba en mis oídos.

Sin duda, me puse cada vez más pálido, pero seguí hablando con más fluidez y en voz muy alta. A pesar de eso, el sonido era cada vez más fuerte. ¿Qué podía hacer yo? Era un sonido imperceptible, débil y rápido, como el que produce un reloj envuelto en algodón. Me costaba respirar, pero los policías todavía no se habían dado cuenta de nada. Hablé más rápido, con más vehemencia, pero el sonido aumentaba su volumen con precisión. Me levanté y empecé a discutir por tonterías, en voz alta y con gestos agresivos, pero el ruido seguía creciendo. ¿Por qué no querían irse? Caminé de un lado a otro de la habitación con pasos graves, como si los comentarios de los policías me enfurecieran, pero el ruido se oía cada vez más fuerte. ¡Oh, Dios! ¿Qué podía hacer yo? ¡Echaba espuma por la boca, despotricaba, maldecía! Revoleé la silla en la que me había sentado y la hice rechinar contra las tablas del piso, pero el ruido crecía por encima de todo y aumentaba constantemente. Se hizo más fuerte, más fuerte. Y los hombres aún conversaban con calma y sonreían. ¿Era posible que no lo oyeran? ¡Dios Todopoderoso! ¡No, no! ¡Ellos lo oían, ellos sospechaban, ellos lo sabían! Se estaban burlando de mi terror. ¡Esto es lo que pensaba y lo que pienso ahora! ¡Pero cualquier cosa era mejor que esa agonía! ¡Cualquier cosa era más tolerable que esa burla! ¡Sentí que debía gritar o morir! Y ahora, ¡otra vez! ¡Escuchen! ¡Más fuerte, más fuerte, *más fuerte*!

–¡Miserables! –grité–. ¡No disimulen más! ¡Confieso que lo hice! ¡Levanten las tablas! ¡Aquí, aquí! ¡Es el latido de su repugnante corazón!

Título original: "The Tell-Tale Heart", en *Boston Pioneer*, 1843.
Traducción: Fabiana A. Sordi.

Markheim

Robert Louis Stevenson

–Sí –dijo el comerciante–, nuestras ganancias son de varias clases. Hay algunos clientes ignorantes y entonces yo cobro los dividendos que merezco por tener más conocimiento. Hay otros que son deshonestos –y al decir esto levantó la vela como para que la luz le diera con fuerza en la cara al visitante– y en ese caso gano por mi honradez.

Markheim acababa de entrar desde la calle iluminada por la luz del día y sus ojos no se habían habituado aún a la mezcla de oscuridad y de brillo de la tienda. Al oír aquellas palabras intencionadas y ante la cercanía de la llama, parpadeó con molestia y volvió la cara a un lado.

El comerciante dejó escapar una risa y siguió diciendo:

–Viene a verme un día de Navidad, cuando sabe que me encuentro solo, tengo las persianas bajas y me niego totalmente a tratar cuestiones de negocios. Eso va a costarle dinero; tendrá que pagarme el tiempo que pierdo con usted, cuando debería de estar haciendo el balance de mis libros; tendrá que pagar también por algo muy particular que salta hoy a la vista en su manera de actuar. Yo soy la esencia de la discreción y no hago preguntas comprometedoras; pero si un cliente no es capaz de mirarme a la cara, se lo cobro –el comerciante volvió a reír tímidamente; luego, adoptando su entonación usual cuando trataba cuestiones de negocios, aunque siempre con un dejo de ironía, agregó–: Como es natural, podrá explicar claramente cómo ha llegado a poseer la mercancía, ¿no es así...? ¿También este objeto pertenece al despacho de su tío? ¡Un gran coleccionista, señor!

El comerciante, pequeño y algo encorvado, se puso casi en puntas de pie, miró por encima de sus anteojos de oro y acompañó sus palabras con un gesto de asentimiento, que delataba toda su incredulidad. Markheim respondió a su mirada con otra de infinita compasión, en la que había un toque de horror.

–Por esta vez –contestó–, está en un error. No he venido a vender, sino a comprar. No tengo antigüedades para liquidar. Al despacho de mi tío no le quedó ni el revestimiento de las paredes; pero, aunque estuviese aún intacto, me ha ido bien en la Bolsa, y sería más probable que yo le agregara cosas y no lo contrario; de modo, pues, que mi visita de hoy es realmente sencilla. Vengo en busca de un regalo de Navidad para una dama –prosiguió, adquiriendo mayor fluidez de palabra a medida que entraba en los parlamentos que tenía preparados–; y desde luego que tengo que disculparme por haber venido a molestarlo para algo tan insignificante. Pero me descuidé ayer; debo entregar mi obsequio durante la comida; usted sabe muy bien que no hay que desaprovechar la oportunidad de casarse con una novia rica.

Hubo una pausa durante la cual el comerciante pareció juzgar sus palabras con bastante incredulidad. Aquel intervalo de silencio fue ocupado por el tictac de muchos relojes distribuidos entre los curiosos muebles viejos de la tienda y por el débil ajetreo de los coches en una avenida cercana.

–Como usted quiera, señor –contestó el vendedor–. Después de todo, usted es un antiguo cliente; y si, como dice, tiene la posibilidad de concretar una buena boda, nada más lejos de mí que ser un obstáculo. Aquí tiene algo muy lindo para una dama –prosiguió–; un espejo de mano, siglo xv, con garantía. Procede también de una buena colección, pero me reservo el nombre para cuidar los intereses de mi cliente, que es, igual que usted, sobrino y único heredero de un notable coleccionista.

Mientras hablaba con voz seca y cortante, se había inclinado hacia adelante para llegar hasta el lugar donde estaba el objeto; y mientras hacía esto, Markheim sintió en todo su cuerpo un estremecimiento, un sobresalto interminable, un súbito brote de pasiones tumultuosas que surgieron en forma brusca en su rostro. Todo ello pasó con la misma rapidez con que había venido, sin dejar más huella que un ligero temblor en la mano que ahora tomaba el espejo.

–Un espejo –dijo con voz ronca, y luego se detuvo y repitió con más claridad–. ¿Un espejo? ¿Como regalo de Navidad? No, desde luego que no.

–¿Y por qué no? –exclamó el vendedor–. ¿Por qué no un espejo?

Markheim lo miraba con una expresión indefinible, y luego dijo:

–¿Me pregunta por qué no? ¿Por qué? ¡Mírese en él..., mírese en él usted mismo! ¿Le agrada mirarse? ¡No! Ni a mí. Ni a nadie.

Cuando Markheim le puso así, de pronto, el espejo en las narices, el pequeño hombre dio un salto atrás; pero luego, al ver que aquello no escondía ninguna mala intención, se rió entre dientes:

–Seguramente, su futura esposa es difícil de complacer.

–Yo le pido un regalo de Navidad –dijo Markheim–, y usted me da esto..., este condenado recordatorio de los años, los pecados y las locuras..., esta conciencia manual. ¿Se dio cuenta de lo que hacía? ¿No se le ocurrió pensarlo? ¡Conteste! Conteste, que será mejor para usted. ¡Vamos, dígame por qué lo ha hecho! Me atrevo a hacer una suposición, y es que en el fondo usted es un hombre muy caritativo, ¿verdad que sí?

El comerciante miró con atención a su cliente. ¡Qué cosa más extraña! Markheim no parecía bromear. Se advertía en su rostro algo así como un anhelante destello de esperanza, pero ningún indicio de alegría.

–¿A dónde quiere ir a parar? –preguntó el comerciante.

–¿De modo que no es caritativo? –contestó el otro con una expresión sombría–. No es caritativo, no es religioso, no tiene escrúpulos, no ama a nadie ni es amado por nadie, es una persona que sólo sabe ganar dinero, una caja fuerte para guardarlo. ¿Es sólo eso? ¡Santo Dios! ¿Es eso todo?

–Se lo diré –empezó a contestarle el comerciante con cierta mordacidad, pero de pronto volvió a reír otra vez–. Estoy viendo que ama a esa mujer y que desea su bienestar.

–¡Ah! –exclamó Markheim con extraña curiosidad–. Por lo que veo, usted ha estado enamorado. ¿Verdad que ha estado enamorado?

–¿Yo? –exclamó el comerciante–. ¿Yo enamorado? Jamás tuve tiempo para eso, ni hoy lo tengo para oír semejantes tonterías. ¿Va a llevar el espejo?

–¿Y qué prisa tiene? –le contestó Markheim–. Resulta muy agradable estar así, conversando. La vida es tan breve y tan incierta que yo no abandonaría por nada un placer...; no, señor, ni siquiera un placer tan leve como éste de ahora. Deberíamos aferrarnos, sí, aferrarnos a lo poquito que podemos tomar con nuestras manos, como un hombre al borde de un precipicio. Bien pensado, cada segundo es un precipicio..., un precipicio de gran profundidad..., lo suficientemente profundo como para que, si caemos al fondo, perdamos hasta nuestro último rasgo de seres humanos. Lo mejor que podemos hacer es conversar agradablemente. Hablemos, pues; quitémonos las máscaras, intercambiemos confidencias. ¿Quién sabe si no terminaremos siendo amigos?

–Yo sólo tengo una cosa que decirle –contestó el comerciante–: ¡haga su compra o váyase de mi tienda!

–Tiene razón, tiene razón –dijo Markheim–. Basta de tonterías. Vayamos al negocio. Muéstreme alguna otra cosa.

El comerciante se inclinó una vez más, aunque ahora lo hizo para volver a colocar el espejo en su estante, y el cabello fino y rubio le cayó sobre los ojos. Markheim se acercó a él un poco más, con una mano metida en el bolsillo del sobretodo; se irguió un instante y aspiró, llenando de aire sus pulmones; y en su rostro se dibujaron al mismo tiempo las emociones más diversas: el terror, el espanto, la determinación, una repulsión física y un sentimiento de fascinación; su labio superior se alzó descontrolado, exhibiendo los dientes.

–Quizá le convenga esto –dijo el vendedor. Estaba por volver a incorporarse cuando Markheim saltó desde atrás sobre su víctima. El puñal, de hoja larga, similar a una varilla de hierro, relampagueó y cayó. El comerciante forcejeó como una gallina, golpeándose la sien en el estante y luego se desplomó al suelo, y quedó inmóvil.

El tiempo tenía en aquella tienda numerosas vocecitas; unas elegantes y lentas, como correspondía a sus muchos años; otras, en cambio, vulgares y precipitadas. Todas ellas marcaban los segundos formando un intrincado coro de tictacs. De pronto, unos pasos de hombre, que sonaban pesadamente en la vereda, irrumpieron entre aquellas vocecitas y volvieron a Markheim a la realidad de la escena. Miró a su alrededor con espanto. La vela estaba sobre el mostrador y la corriente hacía ondear la llama con solemnidad. Gracias a ese movimiento tan insignificante, toda la tienda se llenaba de una actividad silenciosa, y todo se balanceaba como la superficie del mar: las sombras largas inclinaban la cabeza, las gruesas manchas de oscuridad se hinchaban y se achicaban como si respirasen, las caras de los retratos y de los dioses de porcelana cambiaban y fluctuaban como imágenes en el agua. La puerta interior estaba entreabierta y miraba aquella conspiración de sombras, apuntando acusadora con una larga rendija de luz que parecía un dedo.

Los ojos de Markheim, después de esos vagabundeos temerosos, se volvieron a mirar el cuerpo de su víctima, que yacía encogida y despatarrada, increíblemente pequeña y extrañamente más insignificante que en vida. El comerciante estaba allí como si sólo fuese un relleno de aserrín dentro de unas ropas pobres, ruines, en esa actitud sin gracia. Markheim había tenido miedo de ver aquello y total, ¿qué? ¡Nada! Sin embargo, mientras estaba mirando, aquel montón de ropas viejas y el charco de sangre empezaron a hablar con voces elocuentes. Allí tendría que quedarse; nadie podía poner en funcionamiento las articulaciones maravillosamente combinadas, ni dirigir el milagro de la locomoción..., ¡allí seguiría por fuerza hasta que lo encontrasen! Y cuando eso sucediera, ¿qué? Aquella carne muerta elevaría entonces un grito tal que resonaría por toda Inglaterra y llenaría el mundo con los ecos de una persecución. Sí, aunque muerto, seguía siendo el enemigo. "Hubo un tiempo en que ocurría esto por falta de inteligencia", pensó; pero una palabra de la frase le llamó la atención: "tiempo". Una vez realizado el hecho, el tiempo, que ya no existía para la víctima, se había convertido en apremiante y trascendental para el asesino.

Aún seguía pensando en esto cuando los relojes, primero unos y luego otros, empezaron a dar las tres de la tarde en toda clase de tonos y ritmos. Uno sonaba grave como la campana de la torre de una catedral, otro tintineaba con notas de soprano el preludio de un vals.

La brusca intromisión de tantas lenguas en aquel local silencioso lo hizo tambalearse. Empezó a moverse, yendo de un lado a otro con la vela en la mano, rodeado de sombras movedizas y sobresaltado hasta el fondo de su alma por el reflejo de imágenes de manera fortuita. Vio repetido su rostro una y otra vez como por un ejército de espías, por muchos espejos valiosos, unos de fabricación nacional, y otros de Venecia y de Amsterdam. Sus propios ojos lo miraban y lo seguían, y el ruido de sus pasos, aunque apenas asentaba los pies en el suelo, perturbaba el silencio circundante. Mientras continuaba en su tarea de llenarse los bolsillos, su inteligencia le echaba en cara con irritante reiteración las mil fallas que tenía el plan que había hecho. Tendría que haber elegido una hora más tranquila, preparado una coartada, no haber usado un cuchillo. Tendría que haber tenido más cautela y haberse limitado a atar y amordazar al comerciante, sin matarlo. Tendría que haberse atrevido a más y haber asesinado también a la sirvienta. Tendría que haber hecho todo de una manera completamente distinta: inquietantes remordimientos, esfuerzos agotadores e incesantes de la mente para cambiar lo inmutable, para proyectar lo que nada servía, para ser el arquitecto del irrevocable pasado. Mientras tanto, y detrás de toda aquella actividad, terrores brutales, como un tropel de ratas en un altillo desierto, llevaban la consternación hasta las células más apartadas de su cerebro. La mano del guardia caía pesadamente sobre su hombro, y sus nervios saltaban igual que un pez atrapado por el anzuelo. O bien veía, en un desfile galopante, el banquillo, la cárcel, la horca y el féretro negro.

El terror de la gente que pasaba por la calle se instalaba en su pensamiento igual que un ejército sitiador. Pensaba que era imposible que no hubiese llegado a los oídos de los transeúntes algún rumor de la lucha sostenida, incentivando su curiosidad. Los veía en todas las casas cercanas, inmóviles y atentos, personas solitarias, condenadas a pasar la Navidad con la única compañía de la memoria de los tiempos pasados y ahora repentinamente apartada de ese tierno ejercicio. Imaginaba felices reuniones familiares, que se quedaban de pronto en silencio alrededor de la mesa, la madre todavía con el índice en alto. Veía personas de todas las edades, rangos y temperamentos, y todas ellas, junto a sus hogares, curioseando y aguzando el oído, y trenzando la cuerda que iba a ahorcarlo. A veces le parecía que no debía moverse con tanta suavidad; las copas grandes de Bohemia tintineaban como campanillas; era tan fuerte el tictac de los relojes que sentía deseos de pararlos. Pero, de pronto, experimentaba una brusca transición en sus temores y consideraba que el silencio mismo de la tienda constituía una fuente de peligro, porque seguramente sorprendía e intrigaba a los transeúntes. Entonces caminaba con más valentía, iba y venía bullicioso entre los objetos de la tienda e imitaba con rebuscada jactancia los movimientos de un hombre ocupado que andaba a sus anchas en su propia casa.

Pero todas esas preocupaciones lo tenían trastornado de tal manera que, mientras una parte de su alma permanecía alerta y sagaz, la otra temblaba al borde mismo de la locura. Una alucinación, sobre todo, se apoderó con gran fuerza de su credulidad. Los vecinos que escuchaban junto a la ventana con rostro pálido, el transeúnte que se detenía en la vereda, asaltado por una terrible sospecha, podían, en el peor de los casos, suponer, pero no saber, porque a través de las paredes de ladrillo y de las persianas bajas sólo podían pasar los sonidos. Pero ¿estaba solo aquí, dentro de la casa? Sabía que sí, que lo estaba; había visto salir a la sirvienta para acudir a una cita romántica, vestida con la mejor ropa dentro de su pobreza, con cintas y sonrisas que demostraban claramente que tenía todo el día libre. Estaba solo, desde luego; y, sin embargo, dentro del piso vacío que había encima de él, oía con toda seguridad el sonido de pasos delicados. Tenía la seguridad plena, una seguridad inexplicable, de que había alguien en la casa. Sí, no cabía duda; su imaginación seguía aquellos pasos por todas las habitaciones y por todos los rincones del piso superior. Algunas veces se representaba al que los daba como una figura sin rostro, pero con ojos para verlo a él. Otras, era la sombra de sí mismo. Y después, creía estar viendo al fantasma del comerciante muerto, que revivía lleno de odio y de astucia.

En algunos momentos, y haciendo un poderoso esfuerzo, echaba un vistazo a la puerta abierta y ésta parecía rechazar su mirada. La casa era alta; la claraboya, pequeña y sucia; el día, oscuro de niebla; la luz que se filtraba desde lo alto hasta la planta baja era muy débil y apenas si formaba una tenue claridad en el umbral de la tienda. Sin embargo, ¿no pasaba una sombra vacilante por aquella franja de luz confusa?

De pronto, desde el lado de afuera, un caballero que parecía muy jovial, empezó a dar golpes en la puerta de calle con un bastón, acompañando los golpes con gritos y burlas en los que mencionaba constantemente el nombre del comerciante. Markheim, helado, miró al muerto. ¡No se movía! Había ido a parar a un sitio al que no llegan los golpes ni las burlas; se había hundido en mares de silencio; su nombre, que antes habría percibido hasta en medio de los bramidos de la tempestad, era ya un sonido hueco. Al rato, el caballero jovial se cansó de golpear y se marchó.

Este incidente había sido una verdadera señal para que se diese prisa en completar su tarea, para irse de aquel barrio que lo acusaba, para sumergirse entre la muchedumbre londinense y para llegar, al fin del día, a ese refugio de la seguridad y de la aparente inocencia: su cama. Había llegado una visita; en cualquier momento podía presentarse otra más obstinada. Sería un detestable fracaso haber realizado el hecho y no recoger sus frutos. Lo que Markheim tenía que buscar ahora era el dinero; y para esto era preciso encontrar las llaves.

Inseguro y ansioso, miró la puerta abierta, donde la sombra seguía dando vueltas. Sin sentir conscientemente ninguna repugnancia, pero con cierto temblor en el vientre, se acercó al cuerpo de su víctima, que ya no tenía las características de un ser humano. Como si fuera un traje relleno de salvado, los miembros yacían desparramados en el suelo y el tronco, replegado sobre sí mismo. Sin embargo, esa cosa le repugnaba. Aunque era tan insignificante a la vista, temió que pudiera tener más importancia para el tacto. Tomó el cadáver por los hombros y lo puso boca arriba. Era extrañamente flexible y ágil, y los miembros caían en las posturas más raras, como si estuviesen rotos. El rostro carecía de toda expresión, pero estaba tan pálido como la cera y desagradablemente embadurnado de sangre en una de las sienes. Este detalle le resultó molesto a Markheim, porque lo retrotrajo de inmediato a una determinada feria que pasó en un pueblo de pescadores: un día gris, el viento silbaba, la calle estaba llena de gente, vibraban los instrumentos de viento, redoblaban los tambores, un cantor de baladas cantaba con voz nasal y, entre todo aquello, un muchacho que iba y venía, hundido por completo entre la multitud, tironeado entre la curiosidad y el temor; hasta que, al llegar al lugar más concurrido, distinguió un puesto callejero y un enorme tablero cubierto de pinturas mal dibujadas pero con colores chillones: Brownrigg y su aprendiz; los Manning con su huésped asesinado; Weare en las garras de Thurtell; y otros tantos crímenes famosos. Lo veía todo tan claro como un espejismo; volvía a ser el niño de entonces; volvía otra vez a contemplar aquellos viles cuadros con la misma sensación de repugnancia física que había sentido en aquel momento. El redoble de los tambores seguía aturdiéndolo. Recordó un compás de la música de aquel día y por eso lo atacó por primera vez el remordimiento, tuvo una sensación de náuseas y sintió que se le debilitaban las articulaciones. Debió hacer un súbito esfuerzo para resistir y recobrarse.

Creyó más prudente afrontar aquellas consideraciones que huir de ellas; clavó una mirada más dura

Robert Louis Stevenson

en el rostro del muerto y se preparó para advertir la naturaleza y la magnitud de su crimen. Hacía tan sólo un rato que aquella cara reflejaba en su movilidad toda clase de sentimientos, que aquella boca pálida hablaba, que aquel cuerpo ardía con control de su energía y, de pronto, por lo que él había hecho, aquel foco de vida se había detenido, como detiene un relojero con el dedo el tictac del reloj. Y así razonaba en vano, pues no podía sentir más remordimiento. El mismo corazón que había temblado ante aquellos cuadros que representaban crímenes miraba ahora la realidad sin conmoverse. En el mejor de los casos, sentía un débil dejo de piedad por aquel hombre que había sido inútilmente dotado de todas las facultades que pueden convertir a este mundo en un paraíso, un hombre que jamás había vivido y que ahora yacía muerto. Pero en todo ello no había ni siquiera un poco de arrepentimiento.

Entonces, quitándose de encima toda esa clase de consideraciones, encontró las llaves y se dirigió hacia la puerta de la tienda. En el exterior había empezado a llover súbitamente; el ruido de la lluvia sobre el tejado había ahuyentado el silencio. Las habitaciones de la casa parecían cavernas con goteras, con una sucesión constante de ecos que ocupaban el oído, entremezclándose con el tictac de los relojes. Cuando Markheim se acercó a la puerta, creyó que a su paso cauteloso respondían otros pasos que se retiraban escaleras arriba. La sombra seguía ondulando imprecisamente en el umbral. Forzó sus músculos a tomar la decisión y abrió de un golpe la puerta.

La luz del día, débil y brumosa, apenas se dejaba entrever en el suelo desnudo y sobre las escaleras. Brillaba tenue sobre la armadura completa que estaba de pie sobre el descanso de la escalera, con una alabarda en la mano; en las oscuras tallas de madera y en los cuadros enmarcados que colgaban de los amarillentos paneles del friso. Era tan fuerte el golpeteo de la lluvia por toda la casa, que los oídos de Markheim empezaron a distinguir diferentes matices de sonido. Oía pasos y suspiros, regimientos que caminaban a lo lejos, el tintineo de monedas en el mostrador, el crujido de puertas que alguien mantenía entreabiertas, todo ello mezclado con el tamborileo de las gotas en la cúpula y el agua que corría por las cañerías. La sensación de que no estaba solo lo llevó casi al borde de la locura.

Se veía acosado por todas partes, rodeado de apariciones. Las oía moverse en las habitaciones del piso superior; le llegaba desde la tienda el ruido que hacía el comerciante al volver a ponerse de pie; y cuando empezó con mucho esfuerzo a subir las escaleras, delante de él huían suavemente unos pies, mientras otros lo seguían con sigilo por detrás. "¡Qué tranquila estaría mi alma si fuera sordo!", pensó. Pero, acto seguido, puesto al acecho, con renovada atención, se alegró de aquel sentimiento de inquietud que lo mantenía como un leal centinela de su vida. A cada instante, su cabeza giraba a un lado y a otro sobre sus hombros; sus ojos, que parecían querer salirse de las órbitas, exploraban todos los rincones y en todos lados descubrían la cola de algo anónimo que se desvanecía. Los veinticuatro peldaños que tuvo que subir fueron para él veinticuatro agonías.

Tres puertas había en el primer piso y las tres estaban entreabiertas como tres emboscadas, irritando sus nervios como si lo apuntaran tres bocas de cañón. A partir de ese momento, tuvo la sensación de que ya no volvería a estar a salvo de los ojos amenazantes de los hombres, ni siquiera rodeado de muros y fortificaciones; ansiaba encontrarse en su casa, entre sus paredes, sepultado entre las ropas de la cama, invisible para todos menos para Dios. Este pensamiento lo dejó algo perplejo y le trajo a la memoria relatos de otros asesinos que, según había oído decir, se sentían asaltados por el temor de las venganzas del cielo. A él, al menos, no le ocurría eso. Tenía miedo de las leyes de la naturaleza, no fuera a ser que con sus procedimientos insensibles e inmutables dejaran tras él alguna prueba que bastara para condenarlo. Tenía mucho más miedo, un terror supersticioso y servil, de que surgiese algún hecho nuevo en la continuidad de la experiencia humana, alguna deliberada trampa de la naturaleza. Él hacía un juego de razonamientos, según las reglas y en el que calculaba las causas y efectos. Pero ¿qué ocurriría si la naturaleza, como aquel tirano que al verse vencido pateó el tablero de ajedrez, rompiera los moldes que debían seguir las causas y efectos? Algo así debió de pasarle a Napoleón –según cuentan los escritores– al adelantarse el invierno. Y tal vez algo así le sucediera a Markheim: las paredes sólidas podían volverse transparentes y poner de manifiesto sus manejos, como les ocurre a las abejas en las colmenas de cristal; el sólido entarimado podía hundirse bajo sus pies igual que la arena movediza y sujetarlo entre sus garras. Y aun podían ocurrir cosas menos extraordinarias que bastarían para su perdición. Podía, por ejemplo, hundirse la casa y dejarlo aprisionado junto al cadáver de su víctima. Podía prenderse fuego la casa vecina y, en ese caso, verse acosado por todas partes por los bomberos. Éstas eran las contingencias que temía. En cierto sentido, podía decirse que semejantes percances equivalían a que Dios se adelantase a castigar el pecado. Aunque Dios, en sí mismo, no le preocupaba; su acción había sido excepcional, pero bien sabía Dios que para ello tenía excusas excepcionales. Estaba bien seguro de que Dios sabría hacerle justicia. Donde no pensaba hallarla era entre los hombres.

Una vez que estuvo a salvo dentro del salón, con las puertas cerradas, experimentó un respiro de alivio en sus preocupaciones. La habitación estaba completamente destartalada, sin alfombras, y atiborrada de cajones y de muebles discordantes; varios espejos grandes de cuerpo entero, en los que se vio reproducido en distintos ángulos, como un actor en el escenario; muchos cuadros, unos con marco, otros sin marco, arrimados y vueltos de cara a la pared; un delicado armario Sheraton, un mueble de madera tallada, una gran cama antigua, con cortinados de tapices. El cuarto tenía balcones pero por suerte para Markheim la parte baja de las persianas estaba cerrada, de modo que quedaba oculto a los ojos de los vecinos. Markheim apartó un cajón del escritorio y empezó a buscar entre las llaves. Como había muchas, fue tarea larga y además molesta, porque quizá no hubiese nada de valor en el despacho y el tiempo apremiaba. Pero la atención que aquella tarea exigía contribuyó a calmarlo. Miraba la puerta con el rabillo del ojo e incluso, de cuando en cuando, la miraba de frente, como jefe de una plaza sitiada que se complace en comprobar el buen estado de sus defensas. Parecía que se hallaba fuera de peligro.

El ruido de la lluvia en la calle parecía natural y agradable. Luego, en una casa de la otra vereda, las teclas de un piano empezaron a tocar un himno y las voces de muchos niños entonaron las notas y la letra. ¡Qué majestuosa y conmovedora resonaba la melodía! ¡Qué frescura en las voces infantiles! Markheim, mientras probaba distintas llaves, escuchaba con una sonrisa en los labios. Se agolpaban en su cerebro ideas e imágenes que aquella música evocaba: niños que iban a la iglesia y arpegios estrepitosos del gran órgano, niños en el campo, niños que se bañaban en la orilla del arroyo, devaneos entre la maleza del parque público, barriletes volando por el cielo ventoso surcado de nubes y, cuando el himno variaba de cadencia, su imaginación volvía otra vez a la iglesia y evocaba la somnolencia de los domingos de verano y la voz de timbre alto y aterciopelado del párroco –al recordarla, asomó una sonrisa a sus labios–, los sepulcros jacobinos y los diez mandamientos, con su texto difícilmente legible en el presbiterio.

Así estaba Markheim, activo y ensimismado al mismo tiempo. De pronto se puso de pie, sobresaltado. Un relámpago de hielo, un relámpago de fuego, un estallido de sangre corrió por todo su cuerpo y se quedó de pie, como clavado, estremeciéndose. Alguien subía por la escalera con paso lento y firme; casi enseguida una mano hizo girar el picaporte, crujió la cerradura y la puerta se abrió.

El miedo se apoderó de Markheim. No sabía qué pensar: si sería el muerto que había empezado a caminar o los representantes oficiales de la justicia humana o algún testigo inoportuno que se había metido porque sí, para entregarlo a la horca. Pero cuando un rostro apareció en la abertura de la puerta, recorrió la habitación con la vista, lo miró a él, lo saludó amistosamente con un gesto de reconocimiento y se volvió a retirar, cerrando de nuevo la puerta, Markheim perdió por la fuerza del miedo el control de sí mismo y dejó escapar un grito ronco. Al oírlo reapareció el visitante.

–¿Me llamaste? –preguntó con amabilidad; y entonces entró en el salón, cerrando la puerta.

Markheim, inmóvil, clavó con toda su fuerza los ojos en él. Seguramente había una fina película delante de sus pupilas, porque los contornos de aquella figura parecían cambiar y ondular, como las siluetas de las estatuillas que había en la tienda ondulaban a la luz de la vela. Por momentos, le pareció que lo conocía; en otras ocasiones, le encontraba cierto parecido consigo mismo; pero, por encima de todo, pesaba sobre su corazón, como un bloque de terror vivo, el convencimiento de que aquello no era un ser terrenal ni una criatura de Dios.

Sin embargo, aquel ser tenía un extraño aire familiar, mientras permanecía contemplando a Markheim con una sonrisa. Y cuando volvió a hablar, lo hizo con un tono de cortesía habitual, para decirle:

–Estás buscando el dinero, ¿no es así?

Markheim no contestó.

–Tengo que advertirte que la sirvienta se ha despedido de su novio más temprano que de costumbre y no tardará en llegar. No necesito decirte, Markheim, qué pasaría si te encontrasen en esta casa.

–¿Me conoce? –preguntó el asesino.

El visitante se sonrió y le dijo:

–Te tengo un gran aprecio desde hace mucho tiempo; te vengo observando y en más de una ocasión he procurado serte útil.

–¿Quién es usted? –exclamó Markheim–. ¿El demonio?

–Lo que yo sea o deje de ser no afecta el favor que quiero hacerte –contestó el otro.

–Puede afectar –gritó Markheim–. ¡Afecta! ¿Yo recibir ayuda suya? ¡No, jamás! ¡De usted, jamás! ¡No me conoce todavía! ¡Gracias a Dios, no me conoce todavía!

–Te conozco hasta el fondo del alma –contestó el visitante, con una especie de afectuosa serenidad, o más bien de firmeza.

–¿Que me conoce? –exclamó Markheim–. ¿Quién puede afirmar tal cosa? Mi vida no es sino una caricatura y una difamación de mí mismo. Eso les ocurre a todos los hombres; todos son mejores que el disfraz que se forma a su alrededor y los ahoga. Todos van arrastrados por la vida, como raptados por una banda de delincuentes que los llevan envueltos en una capa. Si dispusieran del control de sí mismos..., si usted pudiera ver sus caras, advertiría que son completamente distintas, que tienen los rasgos de los héroes y de los santos. Yo soy peor que la mayoría de ellos; mi yo tiene más escondites;

sólo Dios y yo conocemos mi justificación. Pero, si tuviese tiempo, me desnudaría ante usted.

–¿Ante mí? –preguntó el visitante.

–Delante de usted antes que de nadie –replicó el asesino–. Pensé que era inteligente: creí que, puesto que existía, sabría leer el corazón. ¡Pero, al contrario, propone que yo sea juzgado por mis actos! ¡Qué ocurrencia, por mis actos! Yo nací y me crié en una tierra de gigantes; desde que salí del vientre de mi madre me han arrastrado unos gigantes por las muñecas: los gigantes de las circunstancias. ¡Y usted me juzgaría por mis actos! Pero ¿es que es incapaz de mirar el interior? ¿No entiende que para mí el demonio es una criatura odiosa? ¿No ve dentro de mí la escritura clara de mi conciencia, jamás borroneada con ninguna hipocresía voluntaria, aunque con demasiada frecuencia me haya despreocupado de ella? ¿No se da cuenta de que soy un ser tan común como toda la humanidad..., que soy un pecador involuntario?

–Todo lo que has dicho es muy razonable, pero no me concierne. La lógica de las cosas cae fuera de mi jurisdicción y no me preocupa en absoluto cuál es la fuerza que te pueda arrastrar, con tal de que marches en la dirección debida. Pero el tiempo vuela; la sirvienta se retrasa mirando a la cara de los transeúntes y curioseando en los anuncios de los carteles; aunque despacio, está cada vez más cerca. Ten presente que es como si la horca misma caminase hacia ti por las calles navideñas. ¿Quieres que te ayude, yo que lo sé todo? ¿Debo decirte dónde está el dinero?

–¿A cambio de qué? –preguntó Markheim.

–A cambio de un regalo de Navidad –contestó el otro.

Markheim no pudo refrenar una sonrisa de amargo triunfo, y dijo:

–No, de sus manos no tomaré nada. Si me estuviese muriendo de sed y su mano me acercara una jarra de líquido a mis labios, sabría tener valor para rechazarla. Será ingenuo de mi parte, pero no haré nada que pueda entregarme al espíritu del mal.

–No te privo de que te arrepientas en la hora de tu muerte –hizo notar el visitante.

–¡Porque no cree en la eficacia de ese arrepentimiento! –exclamó Markheim.

–Yo no digo eso –contestó el otro–, pero miro estas cuestiones desde un punto de vista distinto y mi interés decae cuando acaba la vida. El hombre ha vivido para servirme, para ennegrecer las cosas bajo la capa de la religión; para sembrar la cizaña en los campos de trigo, como lo haces tú, dejándose llevar por sus tentaciones. Cuando se encuentra ya tan cerca de su liberación, sólo puede agregar un acto más a sus servicios: el de arrepentirse, el de morir con la sonrisa en los labios, para que los más temerosos de mis partidarios sobrevivientes vivan confiados y esperanzados. No soy un amo demasiado duro. Pruébame. Acepta mi ayuda. Vive a tu gusto, como lo has hecho hasta ahora. Date una vida aún mejor, disfruta a tus anchas y, cuando la noche empiece a caer y se corran las cortinas, todavía te resultará fácil (te lo digo para tu tranquilidad) arreglar cuentas con tu conciencia y hacer unas sencillas paces con Dios. En este mismo instante, vengo de un lecho de muerte como el que te describo y el cuarto estaba lleno de gente que se lamentaba con sinceridad, escuchando las últimas palabras del que agonizaba; cuando miré aquel rostro que había sido inaccesible a toda compasión, vi que sonreía lleno de esperanza.

–¿Y me toma a mí por alguien así? –preguntó Markheim–. ¿Cree que yo no tengo otras aspiraciones más generosas que las de pecar, pecar y pecar para, a última hora, escabullirme dentro del cielo? Se me subleva el corazón de sólo pensarlo. ¿A eso se reduce, pues, la experiencia que tiene del género humano? ¿O es que supone en mí una bajeza semejante porque me encuentra con las manos teñidas de sangre? ¿Es acaso este crimen del asesinato un hecho tan irrespetuoso que agota las fuentes mismas del bien?

–El asesinato no tiene para mí una categoría especial –contestó el otro–. Todos los pecados son un asesinato, de igual manera que toda vida es una guerra. Yo miro a tu raza como a un grupo de marineros que se mueren de hambre dentro de una balsa de madera, que arrancan migajas de pan de la mano de los hambrientos y que se alimentan mutuamente de sus propias vidas. Yo les sigo la marcha a los pecados más allá del instante en que son cometidos y veo que en todos ellos la consecuencia última es la muerte. Ante mis ojos, la linda joven que burla a su madre con seductora gracia a propósito de un baile está manchada de sangre de un modo tan visible como un asesino como tú. ¿He dicho que sigo la marcha de los pecados? También sigo la de las virtudes: unos y otras no se diferencian ni en el grosor de una uña; ambos son guadañas para el ángel exterminador de la Muerte. El mal para el que yo existo no se basa en la acción, sino en el carácter. Es al hombre malo a quien quiero y no a la acción mala, cuyos frutos, si pudiéramos seguirlos en su marcha por la catarata desenfrenada de los siglos, quizá sean finalmente más beneficiosos que los de las más raras virtudes. Te ofrezco la posibilidad de escapar porque eres Markheim y no porque hayas matado a un comerciante.

–Voy a abrirle mi corazón –contestó Markheim–. Este crimen en el que me ha sorprendido es el último que cometo. En mi camino hasta aquí he aprendido muchas lecciones. El crimen mismo es en sí una lección, una lección de mucho peso. Hasta ahora me rebelaba al mismo tiempo que me veía arrastrado a cosas que yo no quería. Era un esclavo de la pobreza, hostigado y flagelado. Hay hombres de virtud sólida que son capaces de resistir tales tentaciones, pero la mía no llegaba a tanto. Tenía sed de placer. Sin embargo hoy, por efecto de mi acción, me llevo riquezas, pero también he aprendido una lección, es decir, una nueva fuerza de voluntad y los medios para ejercitarla. De hoy en adelante soy un actor libre en el mundo. Ya me veo cambiado por completo, con mis manos convertidas en agentes del bien y con mi corazón en paz. Algo hay que, surgiendo del pasado, viene hacia mí; algo con lo que soñé en las tardes dominicales al compás de las notas del órgano y que yo predecía cuando los libros sagrados me arrancaban lágrimas, o cuando hablaba como un niño inocente con mi madre. Ahí es donde está mi vida. He vagado sin rumbo durante algunos años, pero ya vuelvo a ver dónde se encuentra la ciudad de mi destino.

–Tengo entendido que vas a emplear ese dinero en la Bolsa, ¿no es así? –hizo notar el visitante–; y si no me equivoco, ya has perdido allí algunos miles.

–¡Ah! –exclamó Markheim–, ¡pero ahora es un golpe seguro!

–Esta vez también volverás a perder –contestó con calma el visitante.

–¡Ah, pero me quedo con la mitad de reserva! –exclamó Markheim.

–También esa mitad perderás –dijo el otro.

La frente de Markheim empezó a llenarse de sudor.

–Bueno, ¿qué importa? –exclamó–. Supongamos que la pierda, supongamos que otra vez me vea sumido en la pobreza, ¿es que por fuerza y hasta el fin seguirá una parte de mí, la peor, dominando a la otra, la mejor? El bien y el mal corren con fuerza por mis venas, tirando de mí en direcciones contrarias. Yo no quiero a una sola de esas dos partes; las quiero a ambas. Soy capaz de concebir grandes hazañas, renuncias, martirios; y aunque haya caído en un crimen como el del asesinato, no es ajena a mí la piedad. Tengo piedad del pobre, ¿quién conoce mejor que yo sus aflicciones? Me compadezco de él y lo ayudo. Le doy importancia al amor y adoro la risa honesta. No existe en el mundo ninguna cosa buena o verdadera que yo no ame de corazón. ¿Van a ser mis vicios los únicos que gobernarán mi vida y quedarán las virtudes sin efecto, como un tronco muerto del alma? De ninguna manera; el bien también es una fuente de acción.

Pero el visitante levantó un dedo y le dijo:

–En los treinta y seis años que llevas en este mundo, y a través de muchos cambios de suerte y de variedades de humor, he estado viendo cómo caías y caías sin remedio. Hace quince años te habrías sobresaltado con la sola idea del robo. El término "asesinato" te habría quitado el color tres años atrás. ¿Hay todavía algún crimen, alguna crueldad o ruindad ante la que hoy retrocedas?... ¡De aquí a cinco años te sorprenderé en el acto de cometerlas! Tu ruta va cuesta abajo. Cuesta abajo. Sólo la muerte puede detenerte.

–Es verdad –dijo Markheim con voz ronca– que hasta cierto punto me he consagrado al mal. Pero eso le ocurre a todos: los santos mismos, en el simple hecho de vivir, se vuelven menos puros y adquieren el tono del medio en que viven.

–Te voy a plantear una cuestión y, según sea tu respuesta, me comprometo a leerte tu horóscopo moral –dijo el otro–. Te has vuelto en muchas cosas menos rígido; es posible que hayas hecho bien; sea como sea, eso le ocurre a todos los hombres. Concedido esto, ¿eres todavía en algún detalle de tu conducta, por pequeño que sea, más exigente, o tienes para todo el mismo desenfreno?

–¿En algún detalle? –repitió Markheim, analizando el tema con angustia–. ¡No! En ninguno. He descendido en todos.

–Siendo así –dijo el visitante–, conténtate con ser lo que ya eres, porque nunca más cambiarás y tu papel en esta escena está irrevocablemente escrito.

Markheim permaneció un largo rato en silencio y, en realidad, fue el visitante quien lo rompió, diciendo:

–Y puesto que las cosas son así..., ¿quieres que te diga dónde está el dinero?

–¿Y la gracia divina? –exclamó Markheim.

–¿No la has buscado? –contestó el otro–. ¿No te vi yo acaso hace dos o tres años en los encuentros religiosos? ¿Y no era tu voz la que sobresalía al cantar el himno?

–Es cierto –dijo Markheim–, y ya veo con claridad cuál es el camino del deber que queda aún abierto para mí. Le doy las gracias por estas lecciones que me ha dado en provecho de mi alma; mis ojos se han abierto, y al fin me veo tal como soy.

En aquel mismo instante resonó en toda la casa la aguda nota del timbre de la puerta de calle y entonces el visitante, como si aquélla fuera una señal convenida que había estado esperando, cambió de pronto de actitud y gritó:

–¡Es la sirvienta! Ha regresado, como te había prevenido, y ahora escapar es más difícil para ti. Debes decirle que su amo se encuentra enfermo. Debes dejarla entrar, adoptando un gesto tranquilo pero bastante serio... Nada de sonrisas, nada de exagerar el papel y yo te prometo que tendrás éxito. Una vez que haya entrado la muchacha y hayas cerrado la puerta, bastará que emplees con ella la misma destreza que has empleado con el comerciante para que elimines este peligro de tu camino. Después de eso, tendrás por delante toda la tarde... toda la noche, si te hiciese falta, para saquear las riquezas de la casa y para ponerte a salvo. Ésta es una ayuda que se te presenta disfrazada de peligro. ¡Arriba! –gritó–. ¡Arriba, amigo mío! ¡Tu vida se halla temblorosa en la balanza! ¡Arriba y manos a la obra!

Markheim miró fijamente a su consejero y le dijo:

–Si tengo que vivir condenado a cometer el mal, aún me queda libre una puerta..., la de suspender toda acción. Si mi vida está maldita, puedo renunciar a ella. Aunque, como ha dicho muy bien, soy presa segura de la más pequeña tentación, puedo, mediante un gesto decisivo, colocarme fuera del alcance de todas. Mi amor al bien está condenado a la esterilidad. ¡Aceptado! Pero todavía me queda el odio hacia el mal; y de este odio, para irritada desilusión suya, me verá sacar energía y valor.

Las facciones del visitante empezaron a sufrir una transformación maravillosa y encantadora: se iluminaron y se dulcificaron con una ternura triunfal y, a medida que se iluminaba, se fueron borrando y esfumando. Pero Markheim no se detuvo a ver ni a comprender la transformación. Abrió la puerta y marchó escaleras abajo, lentamente, absorto en sus pensamientos. Delante de él caminaba con humildad su pasado; lo veía tal como era, feo y violento como una pesadilla, obra de fuerzas ajenas tanto como de la propia voluntad; un escenario de derrotas. La vida no tenía para él ningún aliciente, vista como ahora la veía; pero al otro lado distinguía un puerto tranquilo para su barca. Se detuvo en el pasillo y miró hacia el interior de la tienda, donde aún seguía ardiendo la vela junto al cadáver. ¡Qué silencio más extraordinario! Mientras miraba, surgían en su mente muchas ideas sobre el comerciante. El timbre volvió a resonar en ese instante con un sonido impaciente.

Título original: "Markheim", 1884.

en The Merry Men and Others Tales and Fables, 1887.

Tomado de El club de los suicidas y otros relatos de terror y misterio.
Aguilar, Madrid, 1988.

Traducción: Amando Lázaro Ros.

Markheim, con un dejo de alegría en sus labios, se enfrentó en el umbral con la muchacha y le dijo:

–Será mejor que llames a la policía. He matado a tu amo.

Título original: "Markheim", 1884,
en *The Merry Men and Others Tales and Fables,* 1887.
Tomado de *El club de los suicidas y otros relatos de terror y misterio,*
Aguilar, Madrid, 1988.
Traducción: Amando Lázaro Ros.

Robert Louis Stevenson

El crimen de lord Arthur Saville

Oscar Wilde

I

Era la última recepción que daba lady Windermere, antes de Pascua. Los salones de Bentinck House estaban más llenos de invitados que nunca. Acudieron seis ministros, una vez terminada la recepción del orador, ostentando sus cruces y sus bandas. Todas las mujeres bonitas de Londres lucían sus ropas más elegantes. Al final de la galería de cuadros estaba la princesa Sophia de Carlsrühe, una dama obesa de tipo tártaro, con ojos negros y unas esmeraldas maravillosas, hablando en mal francés con voz muy aguda y riéndose sin mesura de todo lo que decían.

Realmente se veía allí una mezcla singular de personas. Arrogantes esposas de nobles charlaban cortésmente con violentos radicales; predicadores populares se codeaban con destacados escépticos y un grupo de obispos seguía la pista, de salón en salón, a una corpulenta *prima donna*; en la escalera se agrupaban varios miembros de la Real Academia disfrazados de artistas y el comedor se vio por un momento abarrotado de genios. En una palabra: era una de las reuniones más deslumbrantes de lady Windermere y la princesa se quedó hasta cerca de las once y media.

Inmediatamente después de su partida, lady Windermere volvió a la galería de cuadros, en la que un famoso economista explicaba con aire solemne la teoría científica de la música a un virtuoso húngaro, muy indignado, y se puso a hablar con la duquesa de Paisley. Lady Windermere estaba maravillosamente bella con su esbelto cuello marfileño, sus grandes ojos azules del color del nomeolvides y sus espesos bucles dorados. Cabellos de oro puro, no como ésos de tono pajizo que usurpan hoy día la bella denominación del oro, sino cabellos de un oro como tejido con rayos de sol o bañado en un ámbar extraño; cabellos que encuadraban su rostro con una aureola de santa y, al mismo tiempo, con la fascinación de una pecadora. Lady Windermere tenía realmente una personalidad digna de un curioso estudio psicológico. Desde muy joven, descubrió en la vida una verdad importante: nada se parece tanto a la ingenuidad como la imprudencia. Y, por medio de una serie de aventuras despreocupadas –en su mayoría inocentes por completo–, logró todos los privilegios de una personalidad. Había cambiado varias veces de marido –en el Debrett, aparecía con tres matrimonios en su haber–; pero nunca cambió de amante y el mundo había dejado hacía tiempo de contar sus escándalos. En la actualidad contaba cuarenta años, no tenía hijos y poseía esa pasión desordenada por el placer que constituye el secreto de la eterna juventud.

De repente, miró con curiosidad a su alrededor y preguntó con su clara voz de contralto:

–¿Dónde está mi quiromántico?

–¿Su qué..., Gladys? –exclamó la duquesa con un estremecimiento involuntario.

–Mi quiromántico, duquesa. No puedo vivir ya sin él.

–¡Querida Gladys! ¡Usted siempre tan original! –murmuró la duquesa, intentando recordar lo que era exactamente un quiromántico y confiando en que no sería lo mismo que un pedicuro.

–Viene a leer mi mano dos veces por semana –prosiguió lady Windermere– y es muy interesante.

"¡Dios mío!", pensó la duquesa. "Debe de ser una especie de pedicuro, después de todo. ¡Es atroz! Supongo que por lo menos será extranjero. Así no resultará tan desagradable."

–Tengo que presentárselo a usted –dijo lady Windermere.

–¡Presentármelo! –exclamó la duquesa–. ¿Quiere usted decir que está aquí?

Recogió su abanico de carey y su antiquísimo chal de encaje, como preparándose para huir a la primera señal de alarma.

–Claro que está aquí; no podría imaginar hacer una reunión sin él. Dice que tengo una mano esencialmente psíquica y que, si mi dedo pulgar fuera un poquito más corto, sería yo decididamente pesimista y estaría recluida en un convento.

–¡Ah, sí! –dijo la duquesa, ya más tranquila–. Predice la buena suerte, ¿no es eso?

–Y la mala también –respondió lady Windermere–, y muchas cosas por el estilo. El año próximo, por ejemplo, correré un gran peligro, en tierra y por mar. De modo que tendré que vivir en un globo. Todo eso está escrito aquí, sobre mi dedo meñique... o en la palma de mi mano, no recuerdo bien.

–Pero realmente eso es tentar a la Providencia, Gladys.

–Mi querida duquesa: la Providencia puede resistir, seguramente, la tentación en estos tiempos. Creo que todos tendrían que hacerse leer las manos una vez al mes, para enterarse de lo que no deben hacer. Claro es que harían lo mismo; pero ¡resulta tan agradable saber lo que va a ocurrir! Si no tiene nadie la amabilidad de ir a buscar ahora al señor Podgers, iré yo misma.

–Permítame que me encargue de ello, lady Windermere –dijo un muchacho alto y distinguido que estaba presente y seguía la conversación con una divertida sonrisa.

–Muchas gracias, lord Arthur, pero me temo que usted no lo reconozca.

–Si es tan extraordinario como usted dice, lady Windermere, no se me podrá escapar. Dígame únicamente cómo es y dentro de un momento se lo traeré.

–Bien, no tiene nada de quiromántico; quiero decir con esto que no tiene nada de misterioso, nada esotérico, ningún aspecto romántico. Es un hombre pequeño, corpulento, con una cabeza cómicamente calva y grandes anteojos de oro; un personaje entre médico de la familia y abogado pueblerino. Lamento que sea así, pero yo no tengo la culpa. ¡Es tan irritante la gente! Todos mis pianistas tienen aspecto de poetas y todos mis poetas, aspecto de pianistas. Recuerdo ahora que la última temporada invité a comer a un temible conspirador, un hombre que había hecho volar con dinamita a infinidad de gente y que llevaba siempre una cota de malla y un puñal escondido en la manga. Pues bien; sepan ustedes que, a pesar de todo, tenía el aspecto de un sacerdote viejito y durante toda la noche se mostró muy chistoso. Realmente resultó muy divertido, encantador; pero yo me sentí cruelmente desilusionada, y cuando le pregunté por su cota de malla, se contentó con reírse y me dijo que era demasiado fría para usarla en Inglaterra. ¡Ah, ya está aquí el señor Podgers! Bueno, desearía, señor Podgers, que leyese usted la mano de la duquesa de Paisley. Duquesa, ¿quiere usted quitarse el guante? No, el de la izquierda no; el de la derecha.

–Mi querida Gladys: realmente, no creo que esto sea del todo correcto –dijo la duquesa, desabrochando un guante de cabritilla bastante sucio.

–Lo que es interesante no es nunca correcto –sentenció lady Windermere–. *On a fait le monde ainsi.* Pero tengo que presentarlos: la duquesa de Paisley; el señor Podgers, mi quiromántico favorito. Si usted le llega a decir que ella tiene el "monte de la Luna" más desarrollado que el mío, no volveré a creerle nunca.

–Estoy segura, Gladys, de que no habrá nada de eso en mi mano –dijo la duquesa con seriedad.

–Su Excelencia está en lo cierto –replicó el señor Podgers, echando un vistazo sobre la manita regordeta de dedos cortos–: el "monte de la Luna" no está desarrollado. Sin embargo, la "línea de la vida" es excelente. Tenga la amabilidad de doblar la muñeca... Gracias. Las *rascettes* son tres rayas clarísimas. Vivirá usted hasta una edad avanzada, duquesa, y será extraordinariamente feliz. Ambición moderada; línea de la inteligencia sin exageración, línea del corazón...

–Sea usted indiscreto sobre este punto, señor Podgers –interrumpió lady Windermere.

–Nada sería tan agradable para mí –replicó el quiromántico inclinándose–, si la duquesa me diese lugar para ello; pero lamento decirle que descubro una gran estabilidad en sus afectos, combinada con un sentido muy arraigado del deber.

–Tenga usted la bondad de seguir, señor Podgers –exigió la duquesa, con aire satisfecho.

–La economía no es la menor de sus virtudes –prosiguió Podgers. Lady Windermere soltó una carcajada.

–La economía es una cualidad excelente –observó la duquesa con agrado–. Cuando me casé, Paisley poseía once castillos y ni una casa presentable donde se pudiera vivir.

–Y ahora es dueño de doce casas y no tiene ni un castillo –exclamó lady Windermere.

–Sí, querida –dijo la duquesa–; a mí me gusta...

–La comodidad –terminó Podgers–, los adelantos modernos y el agua caliente en todas las habitaciones. La duquesa tiene perfecta razón. La comodidad es lo único bueno que ha producido nuestra civilización.

–Ha descrito usted admirablemente el carácter de la duquesa, señor Podgers. Tenga usted la bondad de decirnos ahora el de lady Flora –y respondiendo a una señal de la dueña de la casa, sonriente, una muchachita rubia de tipo escocés y de hombros altos se levantó torpemente del sofá y mostró una mano larga y huesuda, con dedos aplastados como espátulas.

–¡Ah, ya veo que es pianista! –dijo Podgers–. Una excelente pianista, aunque no sea quizás una compositora excepcional. Muy reservada, tímida y con gran amor por los animales.

–¡Completamente cierto! –exclamó la duquesa, volviéndose hacia lady Windermere–. Es una verdad absoluta. Flora posee dos docenas de perros en Macloskie y convertiría nuestra casa de Londres en un verdadero zoológico si su padre lo permitiera.

–Pues eso es precisamente lo que hago yo los jueves por la noche –replicó lady Windermere, echándose a reír–. Sólo que yo prefiero los "leones" a los perros.

–Es su único error, lady Windermere –dijo Podgers con un saludo ceremonioso.

–Si una dama no puede hacer encantadores sus errores, es sólo una mujer –le respondió–. Pero es preciso que lea usted otras manos. Acérquese, sir Thomas, y muéstrele la suya al señor Podgers.

Y un señor viejo, de figura distinguida, que vestía un frac azul, se adelantó y ofreció al quiromántico una mano ancha y común, con el dedo medio muy largo.

–Carácter aventurero; en el pasado, cuatro largos viajes y uno en el porvenir. Ha naufragado tres veces... No; dos veces solamente; pero está en peligro de naufragar durante el próximo viaje. Conservador a fondo, muy puntual; tiene la manía de coleccionar curiosidades. Una enfermedad grave entre los dieciséis y los dieciocho años. Ha heredado una gran fortuna a los treinta. Gran aversión por los gatos y los radicales.

–¡Extraordinario! –exclamó sir Thomas–. Tiene usted que leer también la mano de mi mujer.

–De su segunda mujer –dijo tranquilamente Podgers, que seguía reteniendo la mano de sir Thomas en la suya–. Lo haré con gusto.

Pero lady Marwell, dama de aspecto melancólico, con pelo castaño oscuro y pestañas sensibles, se negó rotundamente a dejar revelar su pasado ni su porvenir. A pesar de todos sus esfuerzos, lady Windermere tampoco pudo conseguir que el señor Koloff, el embajador de Rusia, aceptara quitarse los guantes.

En realidad, muchas personas temieron enfrentarse con aquel hombre pequeño y extraño, de sonrisa estereotipada, con anteojos de oro y ojos brillantes. Y cuando, en voz alta y delante de todos, le dijo a la pobre lady Fermor que le interesaba muy poco la música, pero que la volvían loca los músicos, todos pensaron que la quiromancia era una ciencia peligrosa, que no se podía fomentar más que en *tête-à-tête*.

Sin embargo, lord Arthur Saville, que no estaba enterado del desdichado incidente de lady Fermor y que seguía con vivísimo interés las palabras del señor Podgers, sintió una gran curiosidad por que leyese su mano. Como tenía cierta timidez en adelantarse, cruzó la habitación, se acercó al sitio donde estaba sentada lady Windermere y, ruborizándose, lo cual le sentaba muy bien, le preguntó si creía que el señor Podgers accedería a ello.

–Claro que sí –dijo lady Windermere–; para eso está aquí. Todos mis leones, lord Arthur, son leones amaestrados y saltan por el aro cuando yo quiero. Pero debo advertirle que se lo diré todo a Sybil. Ella vendrá mañana a comer conmigo para hablar de sombreros y, si el señor Podgers descubre que usted tiene mal carácter, es propenso a la gota o le ha puesto un departamento a una mujer que vive en Bayswater, no dejaré de contárselo.

–Eso no me asusta –contestó–. Sybil me conoce tan bien como yo a ella.

–¡Ah! Lo lamento realmente. La mejor base del matrimonio es la incomprensión mutua. Y no es que yo sea cínica: sólo tengo experiencia, lo cual es, con mucha frecuencia, lo mismo. Señor Podgers, lord Arthur Saville se muere de ganas de que usted le lea la mano. No le diga que es el prometido de una de las muchachas más bonitas de Londres, porque hace ya un mes que el *Morning Post* publicó esa noticia.

–Mi querida lady Windermere –exclamó la marquesa de Jedburgh–, tenga la bondad de permitir al señor Podgers que se detenga aquí un minuto más. Está diciéndome que voy a actuar en el teatro y esto me interesa mucho...

–Si le ha dicho eso, lady Jedburgh, no vacilaré en llamarlo. Venga inmediatamente, señor Podgers, y lea la mano de lord Arthur.

–Bueno –dijo lady Jedburgh, haciendo un leve gesto de disgusto, mientras se levantaba del sofá–; si no me está permitido salir a escena, supongo que me dejarán asistir al espectáculo.

–Naturalmente; vamos a asistir todos a la representación –replicó lady Windermere–. Señor Podgers, continúe usted y díganos algo bueno de lord Arthur, que es una de mis amistades preferidas.

Pero en cuanto Podgers examinó la mano de lord Arthur, palideció de un modo extraño y no dijo nada. Pareció recorrerlo un escalofrío; sus espesas cejas temblaron convulsivamente con aquella singular contracción tan irritante que lo dominaba cuando estaba turbado. Gruesas gotas de sudor brotaron entonces de su frente amarillenta, como un rocío envenenado, y sus manos gordas se quedaron frías y viscosas.

Lord Arthur no dejó de notar aquellos extraños signos de agitación y, por vez primera en su vida, tuvo miedo. Su primer impulso fue escapar del salón, pero se contuvo. Era mejor conocer la verdad, por mala que fuese, que permanecer en aquella incertidumbre.

–Estoy esperando, señor Podgers –dijo.

–Estamos esperando todos –exclamó lady Windermere con su tono vivo, impaciente; pero el quiromántico no contestó.

–Creo que lord Arthur va a dedicarse al teatro –dijo lady Jedburgh– y que, después de oír a lady Windermere, el señor Podgers no se atreve a decírselo.

De pronto, el quiromántico dejó caer la mano derecha de lord Arthur y tomó con fuerza la izquierda, doblándose tanto para examinarla, que la montura de oro de sus anteojos pareció rozar la palma. Durante un momento su cara fue una máscara lívida de horror; pero recobró enseguida su sangre fría y, mirando a lady Windermere, le dijo con una sonrisa forzada:

–Es la mano de un muchacho encantador.

–Ciertamente –contestó lady Windermere–; pero ¿será un marido encantador? Eso es lo que deseo saber.

–Todos los muchachos encantadores lo son igualmente como maridos –repuso Podgers.

–No creo que un marido deba ser demasiado seductor –murmuró lady Jedburgh–; es muy peligroso.

–Mi querida, los maridos nunca son demasiado seductores –exclamó lady Windermere–. Pero lo que quiero son detalles; lo único interesante son los detalles. ¿Qué le sucederá a lord Arthur?

–Pues, dentro de unos meses va a emprender un viaje...

–Claro: el de su luna de miel.

–Y perderá a un pariente.

–Espero que no sea su hermana –dijo lady Jedburgh con tono compasivo.

–Ciertamente que no –respondió Podgers, tranquilizándola con un gesto–. Será simplemente un pariente lejano.

–Bueno; me siento cruelmente desilusionada –dijo lady Windermere–. No podré decirle nada a Sybil mañana. ¿Quién se preocupa hoy por los parientes lejanos? Hace ya muchos años que pasaron de moda. Sin embargo, supongo que Sybil hará bien en comprarse un vestido de seda negro; siempre podrá servirle para ir a la iglesia. Y ahora vamos a tomar algo. Se habrán comido todo; pero aún encontraremos una taza de caldo caliente. François preparaba antes un caldo riquísimo; pero ahora lo veo tan preocupado con la política, que nunca estoy segura de nada con él. Quisiera realmente que el general Boulanger permaneciera quieto. Duquesa, tengo la seguridad de que está usted fatigada.

–En absoluto, mi querida Gladys –respondió la duquesa, yendo hacia la puerta–; me he divertido muchísimo; su pedicuro, no, su quiromántico es muy interesante. Flora, ¿a dónde podrá estar mi abanico de carey?... ¡Oh, gracias, sir Thomas, mil gracias! ¿Y mi chal de encaje, Flora?... ¡Oh, gracias, sir Thomas! Es usted muy amable.

Y la digna dama terminó de bajar la escalera sin dejar caer más que dos veces su frasquito de perfume.

Entre tanto, lord Arthur Saville permaneció de pie cerca de la chimenea, oprimido por el mismo sentimiento de terror, por la misma preocupación enfermiza respecto de un porvenir negro. Sonrió tristemente a su hermana cuando pasó a su lado del brazo de lord Plymdale, preciosa con su vestido de brocado rosa y sus perlas, y casi no oyó a lady Windermere que lo invitaba a seguirla. Pensó en Sybil Merton y, ante la sola idea de que podía interponerse algo entre ellos dos, se le llenaron los ojos de lágrimas.

Al observarlo, cualquiera habría dicho que Némesis se apoderaba del escudo de Palas Atenea, mostrándole la cabeza de la Gorgona. Parecía petrificado y su cara presentaba el aspecto de un mármol melancólico. Había vivido la vida delicada y lujosa de un joven rico, de una familia de clase alta; una vida exquisita, libre de toda baja inquietud, llena de una bella despreocupación infantil. Y ahora, por primera vez, tenía conciencia del terrible misterio del destino, de la espantosa idea de la fatalidad. ¡Qué disparatado y monstruoso le parecía todo aquello! ¿Podría ser que lo que estaba escrito en su mano con caracteres que él no sabía leer, pero que otro descifraba, fuese el terrible secreto de alguna culpa, el signo sangriento de algún crimen? ¿No habría forma de escapar? ¿No somos entonces más que peones de ajedrez movidos por una fuerza invisible, sólo vasijas que el alfarero modela a su gusto para honor o descrédito? Su razón se rebelaba contra aquel pensamiento y, sin embargo, sentía una tragedia suspendida sobre su vida, como si estuviera destinado de repente a soportar una carga intolerable. Los actores son, generalmente, gente dichosa. Pueden elegir, para representar, la tragedia o la comedia, el dolor o la diversión. Pueden escoger entre hacer reír o hacer llorar. Pero en la vida real es muy distinto. Infinidad de hombres y mujeres se ven obligados a representar papeles para los cuales no tienen talento. Nuestros Guildenstern hacen de Hamlet y nuestros Hamlet intentan bromear como el príncipe Hal. El mundo es un escenario, pero la obra tiene un reparto deplorable.

De pronto, Podgers entró en el salón. Al ver a lord Arthur, se detuvo y su carnosa faz ordinaria tomó un tinte amarillo verdoso. Los ojos de los dos hombres se encontraron y hubo un momento de silencio.

–La duquesa se ha dejado aquí uno de sus guantes, lord Arthur, y me pidió que se lo llevara –dijo, por fin, Podgers–. ¡Ah, allí lo veo, sobre el sofá! Buenas noches.

–Señor Podgers, no tengo más remedio que insistir en que me dé una respuesta categórica a la pregunta que voy a hacerle.

–En otra ocasión, lord Arthur. La duquesa me espera; debo reunirme con ella.

–No irá usted. La duquesa no tiene prisa.

–Las mujeres no acostumbran esperar –dijo Podgers, con una sonrisa forzada–. El bello sexo es impaciente.

Los labios finos y como bruñidos de lord Arthur se plegaron con altivo desdén. La pobre duquesa le parecía de poquísima importancia en aquel momento.

Cruzó el salón, llegó hasta el sitio donde se había parado el señor Podgers y le tendió la mano derecha.

–¡Dígame lo que ve usted aquí! ¡Dígame la verdad! Quiero saberla. No soy un niño.

Los ojos de Podgers parpadearon detrás de sus anteojos de oro; se balanceó con aire turbado sobre uno y otro pie, mientras sus dedos jugueteaban nerviosamente con la cadena brillante de su reloj.

–¿Por qué cree usted, lord Arthur, que he visto en su mano algo más de lo que le dije?

–Sé que ha visto usted algo más e insisto en que me lo diga. Le daré un cheque de cien guineas.

Los ojos verdes de Podgers relampaguearon durante un segundo y luego volvieron a quedarse inexpresivos.

–¿Cien guineas? –dijo, por fin, Podgers, en voz baja.

–Sí, cien guineas. Le enviaré un cheque mañana. ¿A qué club va?

–No pertenezco a ningún club; es decir, no pertenezco por el momento. Pero mi dirección es... Permítame que le dé una tarjeta.

Y, sacando del bolsillo del pecho una tarjeta de bordes dorados, Podgers la presentó con un respetuoso saludo a lord Arthur, que leyó lo siguiente:

–Recibo de diez a cuatro –murmuró Podgers con tono mecánico– y hago descuentos a las familias.

–¡Dese prisa! –gritó lord Arthur, poniéndose muy pálido y tendiéndole la mano derecha.

Podgers miró a su alrededor con inquietud y corrió la pesada cortina sobre la puerta.

–La cosa durará un rato, lord Arthur. Será mejor que usted se siente.

–¡Dese prisa, caballero! –gritó de nuevo lord Arthur, colérico, dando un golpe violento con el pie en el suelo encerado.

Podgers sonrió y, sacando de su bolsillo una lente pequeña, se puso a limpiarla cuidadosamente con el pañuelo.

–Ya estoy preparado y a su disposición –dijo.

II

Diez minutos más tarde, lord Arthur Saville, con la cara lívida de terror y los ojos enloquecidos de angustia, se precipitaba fuera de Bentinck House, abriéndose paso entre la multitud de lacayos, cubiertos de pieles, que esperaban bajo la marquesina del gran pabellón.

Lord Arthur parecía no ver ni oír absolutamente nada.

La noche era muy fría y los mecheros de gas alrededor de la plaza centelleaban, vacilantes, bajo los latigazos del viento; pero él sentía en sus manos un calor febril y las sienes le ardían como brasas.

Andaba zigzagueando por la acera, como un borracho. Un policía lo miró con curiosidad al pasar y un mendigo que salió del arco de un portal para pedirle limosna retrocedió aterrado al ver una desgracia mayor que la suya. En un momento dado, lord Arthur Saville se detuvo debajo de un farol y se miró las manos. Creyó ver la mancha de sangre que las delataba y un débil grito brotó de sus labios temblorosos.

¡Asesinato! Ésa era la palabra que había leído en sus manos el quiromántico. ¡Asesinato! La noche misma parecía saberlo y el viento desolado la zumbaba en sus oídos. Los rincones oscuros de las calles estaban llenos de aquella acusación, que gesticulaba ante sus ojos en los tejados.

Primero fue al parque, cuya sombría arboleda parecía fascinarlo. Se apoyó en la verja con aire extenuado, refrescando su frente con la humedad del hierro y escuchando el silencio rumoroso de los árboles.

"¡Asesinato! ¡Asesinato!", se repitió, como si la repetición pudiera atenuar el sentido de la palabra. El sonido de su propia voz lo hizo estremecer y, a pesar de esto, deseó casi que Eco lo oyera y despertara de sus sueños a la ciudad adormecida. Sentía impulsos de detener al primer transeúnte y contárselo todo.

Después siguió su marcha, vagando por Oxford Street, por un laberinto de callejones estrechos y deshonrosos. Dos mujeres de caras pintarrajeadas se burlaron de él a su paso. De un patio lóbrego llegó hasta sus oídos un ruido de juramentos y de golpes, seguido de gritos penetrantes; y, apretujados en un montón bajo una puerta húmeda y fría, vio las espaldas arqueadas y los cuerpos agotados de la pobreza y la decrepitud. Lo sobrecogió una extraña piedad.

Aquellos hijos del pecado y de la miseria ¿estaban fatalmente predestinados como él? ¿Acaso no eran tan sólo, como él, muñecos de una monstruosa representación?

Y, sin embargo, no fue el misterio, sino la comedia del sufrimiento la que lo conmovió con su absoluta inutilidad y su grotesca falta de sentido. ¡Qué incoherente y qué desprovisto de armonía le pareció todo! Lo dejó atónito el desacuerdo que había entre el optimismo superficial de nuestro tiempo y la realidad de la vida. Era todavía muy joven.

Al cabo de un rato se encontró frente a la iglesia de Marylebone. La calle, silenciosa, parecía una larga cinta de plata pulida, moteada aquí y allá por los oscuros arabescos de las sombras movedizas.

A lo lejos, haciendo un círculo, se hallaba la línea de luces de los vacilantes faroles de gas y, ante una casita rodeada por un muro, estaba parado un coche de alquiler, solitario, cuyo cochero dormía en el interior. Lord Arthur se dirigió con paso rápido en dirección a Portland Place, mirando a cada momento a su alrededor, como si temiera que lo siguiesen. En la esquina de Rich Street había dos hombres leyendo un anuncio en un cartel. Un extraño sentimiento de curiosidad lo dominó y cruzó la calle hacia aquel sitio. Ya cerca, la palabra "asesinato", impresa en letras negras, hirió sus ojos. Se detuvo y una oleada de rubor le tiñó las mejillas. Era un anuncio en el que ofrecían una recompensa a quien diera detalles para cooperar con la detención de un individuo de estatura regular, entre los treinta y los cuarenta años, que llevaba un sombrero blanco de alas levantadas, un saco negro y unos pantalones escoceses, y que tenía una cicatriz en la mejilla derecha. Lord Arthur leyó y releyó el anuncio. Se preguntó si aquel hombre sería detenido y cómo se habría hecho aquella herida. ¡Quizás algún día su nombre se viera expuesto de igual modo en los muros de Londres! ¡Quizás algún día pusieran también un precio por su cabeza!

Aquel pensamiento lo dejó descompuesto del horror y, girando sobre sus talones, huyó en la noche.

No sabía muy bien a dónde había llegado. Recordaba confusamente haber vagado por un laberinto de casas sórdidas, haberse perdido en una gigantesca maraña de calles sombrías y ya había amanecido cuando se dio cuenta, por fin, de que se hallaba en Piccadilly Circus. Al poco rato, cuando pasaba por Belgrave Square, se encontró con los grandes carros de transporte que se dirigían al mercado de Covent Garden. Los carreteros bronceados por el sol, con sus blusas blancas, sus rostros agradables, y sus rústicos cabellos rizados, apresuraban vigorosamente el paso restallando sus látigos y hablándose a los gritos. Sobre el lomo de un enorme caballo gris, el primero del bullicioso grupo, iba montado un joven regordete con un ramito de prímulas en su sombrero de alas caídas, tomándose con mano firme de las crines de su caballo y riendo a carcajadas. En la claridad matinal, los grandes montones de legumbres se destacaban como bloques de jade sobre los pétalos rosados de una flor mágica. Lord Arthur experimentó un sentimiento de viva conmoción, sin que pudiese explicar por qué. Había algo en la delicada belleza del alba que lo emocionaba de modo inefable y pensó en todos los días que despuntan y mueren en medio de la tempestad. Aquellos hombres rudos, con sus voces broncas, su grosero buen humor y su andar perezoso, ¡qué Londres más extraño veían! ¡Un Londres libre del pecado de la noche y del humo del día; una ciudad pálida, fantasmagórica; una ciudad de tumbas desolada! Se preguntó lo que pensarían de ella y si sabían algo de sus esplendores y de sus vergüenzas, de sus goces soberbios, de ardientes matices; de su hambre atroz y de todo cuanto brota y se marchita en Londres desde la mañana hasta la noche. Probablemente, para ellos la ciudad era tan sólo el mercado al que llevaban a vender sus productos y en el que no permanecían más que unas horas a lo sumo, dejando a su regreso las calles todavía en silencio y las casas aún dormidas. Sintió un gran placer en verlos pasar. Por muy rudos que fueran con sus zapatones con clavos y su andar ordinario, llevaban dentro de sí algo de la Arcadia.

Lord Arthur comprendió que habían vivido en armonía con la naturaleza y que ésta les había enseñado la paz, y envidió su ignorancia.

Cuando llegó al final de Belgrave Square, el cielo era de un azul pálido y los pájaros empezaban a cantar en los jardines.

III

Cuando lord Arthur despertó eran las doce del mediodía y el sol se filtraba a través de las cortinas de seda color marfil de su dormitorio. Se levantó y fue a mirar por el ventanal. Una vaga neblina de calor flotaba sobre la gran ciudad y los tejados de las casas parecían de plata opaca. Por el césped tembloroso de la plaza de abajo se perseguían unos niños como mariposas blancas y las veredas estaban llenas de gente que se dirigía al parque.

Nunca le pareció tan hermosa la vida ni tan alejada de él la maldad. En aquel momento, su asistente le trajo una taza de chocolate sobre una bandeja. Después de beberla, levantó una pesada cortina color durazno y pasó al cuarto de baño. La luz entraba suavemente desde lo alto a través de unas delgadas hojas de ónice transparente y el agua en la pila de mármol tenía el brillo apagado de la piedra lunar.

Lord Arthur se sumergió con rapidez hasta que el agua le rozó el cuello y los cabellos; entonces metió bruscamente la cabeza dentro del líquido, como si quisiera quitarse la mancha de algún recuerdo vergonzoso. Cuando salió del baño, se sintió casi en calma. El bienestar físico que había experimentado lo dominó, como les sucede a menudo a las naturalezas refinadas, pues los sentidos, como el fuego, pueden purificar o destruir.

Después de desayunar se recostó en un diván y encendió un cigarrillo. Sobre la repisa de la chimenea, enmarcada con un finísimo brocado antiguo, había un gran retrato de Sybil Merton, tal como la vio por primera vez en el baile de lady Noel. La cabeza pequeña, de un modelado delicioso, se inclinaba ligeramente a un lado, como si el cuello, delgado y frágil como una caña, casi no pudiera soportar el peso de tanta belleza. Los labios estaban un poco entreabiertos y parecían modelados para una suave música, y en sus ojos soñadores se leían las sorpresas de la más tierna pureza virginal. Ceñida en su vestido suave de seda china, con un gran abanico de plumas en la mano, parecía una de esas delicadas estatuillas descubiertas en los bosques de olivos cerca de Tanagra; y había en su postura y en su actitud rasgos de gracia helénica.

Sin embargo, no era *petite*, sino perfectamente proporcionada, cosa rara en una edad en que tantas mujeres son, o más altas de lo debido, o insignificantes.

Contemplándola en aquel momento, lord Arthur se sintió lleno de esa terrible piedad que nace del amor. Comprendió que casarse con ella teniendo la condena del asesinato suspendida sobre su cabeza sería una traición como la de Judas, un crimen peor que todos los que planearon los Borgia. ¿De qué felicidad disfrutarían si en cualquier momento podía verse forzado a ejecutar la espantosa profecía escrita en su mano? ¿Cómo sería su vida mientras el destino mantuviese aquella terrible orden en su mente? Era preciso retrasar el matrimonio a toda costa. Estaba completamente decidido a ello. Aunque amara ardientemente a Sybil, aunque el simple contacto de sus dedos, cuando estaban sentados juntos, hiciese estremecer de exquisito goce todas las fibras de su ser, no dejaba de reconocer cuál era su deber y estaba totalmente convencido de que no tenía derecho a casarse con ella mientras no cometiera el crimen. Una vez ejecutado, podría presentarse ante el altar con Sybil Merton y depositar su vida en manos de la mujer amada, sin temer ningún acto de maldad. Hecho aquello, podría estrecharla entre sus brazos, sabiendo que ella nunca tendría que sentirse avergonzada. Pero antes tenía que llevarlo a cabo: cuanto antes lo hiciera, sería mejor para ambos.

Muchos, en su caso, hubiesen preferido el sendero florido del amor a la cuesta escarpada del deber; pero lord Arthur era demasiado escrupuloso para colocar el placer por encima de sus principios. En su amor no había una simple atracción sensual: Sybil simbolizaba para él cuanto hay de bueno y de noble en el mundo. Durante un momento, sintió una repugnancia instintiva contra la tarea que el destino lo obligaba a realizar; pero enseguida se desvaneció aquella impresión. Su corazón le dijo que aquello no era un pecado, sino un sacrificio; su razón le recordó que no le quedaba ninguna otra salida. Era preciso elegir entre vivir para él o vivir para los demás y, por terrible que fuera en realidad aquella tarea que le estaba impuesta, sabía que no debía permitir que el egoísmo venciera al amor. Tarde o temprano, cada uno de nosotros está obligado a resolver ese mismo problema, ya que a todos se nos plantea la misma cuestión. A lord Arthur se le presentó muy pronto en la vida, antes de que corrompiese su carácter el cinismo calculador de la edad madura, o antes de que el egoísmo frívolo o elegante de nuestra época le corroyese el corazón; y él no vaciló en cumplir con su deber. Por suerte para él, no era un simple soñador o un diletante ocioso. De serlo, habría dudado, como Hamlet, y permitido que la indecisión destruyera su propósito. Pero era un hombre esencialmente práctico. Para él, la vida representaba acción antes que pensamiento. Poseía ese don tan raro entre nosotros que se llama sentido común.

Las sensaciones crueles y violentas de la noche anterior se habían borrado ahora por completo y pensaba, casi con un sentimiento de vergüenza, en su loca caminata de calle en calle, en su terrible agonía emotiva. Ahora la misma sinceridad de su sufrimiento las hacía aparecer irreales ante sus ojos. Se preguntaba cómo había podido ser tan insensato como para indignarse y protestar contra lo inevitable. La única cuestión que parecía perturbarlo era cómo llevar a cabo su obra, pues no era tan obcecado como para negar el hecho de que el crimen, como las religiones paganas, exige una víctima y un sacerdote. Como lord Arthur no era un genio, no tenía enemigos y, por otro lado, comprendía que no era ocasión de satisfacer un rencor o un odio personales; la misión en la que se hallaba comprometido era de una seria y elevada solemnidad. Por consiguiente, hizo una lista de sus amigos y parientes en una hoja de papel de carta y, después de un minucioso examen, se decidió por lady Clementina Beauchamp, una estimable dama, ya de edad, que vivía en Curzon Street y que era su prima segunda por parte de madre. Siempre había tenido un gran afecto por lady Clem, como la llamaba todo el mundo y, como él mismo era rico, pues entró en posesión de toda la fortuna de lord Rugby al llegar a su mayoría de edad, estaba descartada la sospecha de que la muerte de aquella parienta le trajera algún despreciable beneficio económico.

En realidad, cuanto más reflexionaba en ello, más se convencía de que era lady Clem la persona que le convenía elegir y, pensando que todo aplazamiento era una mala acción respecto de Sybil, decidió ocuparse inmediatamente de los preparativos.

Lo primero que debía hacer, sin duda, era saldar cuentas con el quiromántico. Así pues, se sentó ante una mesita Sheraton colocada frente a la ventana y llenó un cheque de ciento cinco libras, pagadero a la orden de Septimus Podgers. Después lo metió en un sobre y ordenó a su criado que lo llevara a la calle de West Moon. Enseguida telefoneó a su cochera, pidió que le prepararan el coche y se vistió para salir. Antes de marcharse de la habitación, dirigió una mirada al retrato de Sybil Merton, y se juró que, pasara lo que pasara, no le diría nunca lo que iba a hacer por amor a ella y guardaría el secreto de su sacrificio en el fondo de su corazón.

De camino hacia el Club Buckingham, se detuvo en una florería y envió a Sybil una cesta de narcisos de hermosos pétalos blancos y de pistilos parecidos a ojos de faisán. Cuando llegó al club, fue directamente a la biblioteca, tocó el timbre y pidió al camarero que le trajera una limonada y un libro de toxicología. Decidió en definitiva que el veneno era el instrumento que más le convenía adoptar para su problemático trabajo. Nada le desagradaba tanto como un acto de violencia personal y, además, tenía especial interés en no asesinar a lady Clementina con algún medio que pudiese llamar la atención de la gente, pues le horrorizaba la idea de convertirse en el hombre de moda en casa de lady Windermere o de ver figurar su nombre en los artículos de los periódicos populares de la sociedad. Necesitaba también tener en cuenta a los padres de Sybil que, como pertenecían a un mundo un poco anticuado, podrían oponerse a la boda si se producía algún escándalo; aunque estaba seguro de que, si les contara todos los incidentes del suceso, serían los primeros en comprender los motivos que lo impulsaban a obrar así. Tenía, pues, perfecta razón al decidirse por el veneno. Era inofensivo, seguro, silencioso y actuaba sin necesidad de escenas penosas, por las cuales sentía él profunda aversión, como la mayoría de los ingleses.

Sin embargo, no conocía absolutamente nada de la ciencia del veneno y, como el camarero era, por lo visto, incapaz de encontrar algo en la biblioteca que no fuera la *Ruff's Guide* o el *Bailey's Magazine*, examinó por sí mismo los estantes llenos de libros y acabó por encontrar una edición muy bien encuadernada de la *Pharmacopoeia* y un ejemplar de la *Toxicología* de Erskine, editada por sir Matthew Reid, uno de los miembros más antiguos del Buckingham Club y presidente de la Real Academia de Medicina. Había sido elegido para ese cargo por confusión con otro candidato, contratiempo que disgustó tanto a la junta que, cuando el candidato auténtico se presentó, fue derrotado por unanimidad. Lord Arthur se quedó muy desconcertado ante los términos técnicos empleados en los dos libros y empezaba a recriminarse por no haber prestado más atención a sus estudios en Oxford, cuando en el tomo segundo de Erskine encontró una explicación acertadísima y muy completa de las propiedades del acónito, redactada en un inglés clarísimo. Le pareció que ése era exactamente el veneno que él necesitaba; era muy activo, por no decir casi instantáneo; en sus efectos no causaba dolores y, tomado en forma de cápsula recubierta de gelatina, como recomendaba sir Matthew, era insípido. Por tanto, anotó en el puño de la camisa la dosis necesaria para ocasionar la muerte, devolvió los libros a su sitio y se encaminó por la calle de Saint James hasta la tienda de Pestle y Humbey, los grandes farmacéuticos. El señor Pestle, que atendía siempre personalmente a sus clientes de la aristocracia, se quedó muy sorprendido de su pedido y, con tono amabilísimo, murmuró algo respecto de la necesidad de una receta médica. Sin embargo, no bien lord Arthur le explicó que era para dárselo a un gran mastín noruego, del cual se veía obligado a desembarazarse porque presentaba síntomas de hidrofobia y había intentado dos veces morder a su cochero en una pantorrilla, pareció completamente satisfecho y, después de felicitar a lord Arthur por sus extraordinarios conocimientos de toxicología, confeccionó de inmediato la preparación.

Lord Arthur colocó la cápsula en una bonita bombonera de plata que adquirió en una tienda de Bond Street, tiró la horrible cajita de Pestle y Humbey y se encaminó directamente a casa de lady Clementina.

–¿Qué hay, *monsieur le mauvais sujet*? –exclamó la anciana cuando lord Arthur entró en su salón–. ¿Por qué no has venido a verme en todo este tiempo?

–Mi querida lady Clem, no tengo nunca un rato para mí –replicó lord Arthur con una sonrisa.

–Supongo que querrás decir que te pasas todo el día con la señorita Sybil Merton, comprando chifón y diciendo tonterías. No acabo de comprender por qué la gente hace tanto alboroto para casarse. En mis tiempos, no hubiéramos pensado nunca en exhibirnos tanto en público y en privado por ese motivo.

–Le aseguro que no veo a Sybil desde hace veinticuatro horas, lady Clem. Que yo sepa, pertenece por completo a sus modistas.

–¡Claro! Es lo único que puede traerte por casa de una mujer vieja como yo... Me extraña que ustedes los hombres no escarmienten. *On a fait des folies pour moi*, y aquí me tienes hecha una pobre reumática, con un aspecto engañoso y malhumor. Bueno, y si no fuese por esa querida lady Jansen que me manda las peores novelas francesas que puede encontrar, no sé cómo serían mis días. Los médicos no sirven más que para sacar dinero a sus pacientes. Ni siquiera me pueden curar la acidez estomacal.

–Le traigo un remedio para ella, lady Clem –dijo lord Arthur con tono serio–. Es una cosa maravillosa, inventada por un norteamericano.

–No me gustan nada los inventos estadounidenses, Arthur; estoy segura de que no me gustan. He leído últimamente varias novelas estadounidenses y en verdad eran insensatas.

–¡Oh! Esto no es insensato, lady Clem. Le aseguro que es un remedio infalible. Usted tiene que prometerme que lo probará.

Y lord Arthur sacó de su bolsillo la bombonera y se la ofreció a lady Clementina.

–¡Pero esta bombonera es encantadora, Arthur! Una verdadera joya. Eres muy amable. ¿Y aquí está el remedio? Parece un bombón. Voy a tomarlo ahora mismo.

–¡Por Dios, lady Clem! –exclamó lord Arthur, deteniéndola–. ¡No haga usted eso! Es una medicina homeopática. Si la toma usted sin tener acidez, no le caerá bien. Espere a que se presente un ataque y entonces recurra a ella. Quedará asombrada del resultado.

–Me hubiese gustado tomarla inmediatamente –dijo lady Clementina, mirando al trasluz la capsulita transparente, con su burbuja flotante de aconitina líquida–. Te lo confieso: detesto a los médicos, pero adoro las medicinas. Sin embargo, la guardaré para mi próximo ataque.

–¿,Y cuándo cree usted que sobrevendrá ese ataque? –preguntó lord Arthur, impaciente–. ¿Será pronto?

–No lo espero hasta dentro de una semana. Ayer pasé un día malísimo; ¡pero uno nunca sabe!

–¿Está usted segura entonces de padecer un ataque antes de fin de mes, lady Clem?

–Mucho me temo. ¡Pero cuánto afecto me demuestras hoy, Arthur! Realmente, la influencia de Sybil es muy beneficiosa para ti. Y ahora debes marcharte. Ceno con gente muy aburrida a la que no le gusta contar chismes y sé que, si no duermo un poco antes, me será imposible permanecer despierta durante la cena. Adiós, Arthur. Cariños a Sybil y un millón de gracias por tu remedio estadounidense.

–No se olvidará usted de tomarlo, ¿verdad, lady Clem? –dijo lord Arthur, levantándose.

–Claro que no me olvidaré, zonzo. Encuentro muy amable que te preocupes de mí. Ya te escribiré si necesito más cápsulas.

Lord Arthur salió de casa de lady Clementina lleno de energía y muy reconfortado.

Aquella noche tuvo una entrevista con Sybil Merton. Le dijo que se veía de pronto en una situación horriblemente difícil, ante la cual no le permitían retroceder ni su honor ni su deber. Le explicó que era preciso posponer la boda; pues hasta que no estuviese exento de aquel compromiso, no recobraría su libertad. Le rogó que confiase en él y que no dudase del porvenir. Todo marcharía bien, pero era necesario tener paciencia.

La escena tuvo lugar en el invernadero de la residencia del señor Merton, en Park Lane, donde cenó lord Arthur como de costumbre. Sybil no se mostró nunca tan dichosa y hubo un momento en que lord Arthur sintió la tentación de portarse como un cobarde y de escribir a lady Clementina revelándole lo de la cápsula, dejando que se efectuara el casamiento como si no existiese en el mundo el señor Podgers. No obstante, su buen criterio se impuso enseguida y no flaqueó ni siquiera cuando Sybil se arrojó llorando en sus brazos. La belleza que hacía vibrar sus sentidos despertó igualmente su conciencia. Comprendió que perder una vida tan hermosa por unos cuantos meses de placer era realmente una mala acción.

Estuvo con Sybil hasta cerca de medianoche, consolándola y recibiendo ánimos de su parte. Y, al día siguiente muy temprano, salió para Venecia, después de haber escrito al señor Merton una carta firme, digna de un hombre, referida a la necesaria postergación de la boda.

IV

En Venecia se encontró con su hermano, lord Surbiton, que acababa de llegar de Corfú en su yate. Los dos jóvenes pasaron juntos dos semanas encantadoras. Por la mañana, paseaban a caballo por el Lido o iban de un lado a otro por los verdes canales en su larga góndola negra; por la tarde, recibían generalmente visitas a bordo del yate y, por la noche, comían en el Florian y fumaban innumerables cigarrillos paseando por la *Piazza*. A pesar de todo, lord Arthur no era feliz. Todos los días recorría los avisos fúnebres del *Times*, esperando encontrar la noticia de la muerte de lady Clementina; pero siempre sufría una decepción. Empezó a temer que le hubiese ocurrido algún accidente y se lamentó muchas veces de no haberle dejado tomar la aconitina cuando ella quiso probar sus efectos. Las cartas de Sybil, aunque llenas de amor, confianza y ternura, tenían con frecuencia un tono triste y a veces pensaba que se había separado de ella para siempre.

Al cabo de quince días, lord Surbiton se cansó de Venecia y decidió recorrer la costa hasta Ravena, pues oyó decir que había mucha caza en el Pinetum. Lord Arthur, al principio, se negó terminantemente a acompañarlo; pero Surbiton, a quien quería muchísimo, lo persuadió por fin de que, si seguía viviendo en el hotel Danieli, se moriría de aburrimiento y el día 15, por la mañana, partieron con un fuerte viento del nordeste y un mar bastante picado. El viaje fue agradable y la vida al aire libre hizo reaparecer los frescos colores en las mejillas de lord Arthur; pero hacia el día 22 volvieron a invadirlo sus preocupaciones respecto de lady Clementina y, a pesar de las protestas de Surbiton, regresó en tren a Venecia.

Cuando desembarcó de su góndola en los escalones del hotel, el dueño fue a su encuentro con un telegrama. Lord Arthur se lo arrebató de las manos y lo abrió, rasgándolo con un brusco ademán. ¡Éxito total: lady Clementina había muerto repentinamente, por la noche, cinco días antes!

El primer pensamiento de lord Arthur fue para Sybil y le envió un telegrama anunciándole su regreso inmediato a Londres. Enseguida, ordenó a su criado que preparara el equipaje para partir aquella noche, quintuplicó la propina a su gondolero y subió hacia su habitación con paso rápido y corazón alegre. Allí lo esperaban tres cartas. Una de ellas, llena de cariño, con un pésame muy sentido, era de Sybil; las otras, de la madre de Arthur y del abogado de lady Clementina. Parecía ser que la anciana había cenado con la duquesa la noche antes de su muerte. Encantó a todo el mundo con su chispa y espíritu, pero se retiró temprano, quejándose de acidez estomacal. A la mañana siguiente, la encontraron muerta en su lecho, sin que pareciese haber sufrido en absoluto.

Se avisó entonces a sir Matthew Reid, pero era ya inútil, y fue enterrada en Beauchamp Chalcote el día 22. Pocos días antes de su muerte, había escrito su testamento. Dejaba a lord Arthur su pequeña casa de Curzon Street, con todo su mobiliario, sus efectos personales, su galería de cuadros, menos la colección de miniaturas, que legaba a su hermana, lady Margaret Rufford, y su collar de amatistas, que dejaba a Sybil Merton. El inmueble no valía mucho; pero Mansfield, el abogado, deseaba vivamente que lord Arthur viniera lo antes posible, porque había muchas deudas que pagar, ya que lady Clementina no pudo tener nunca sus cuentas en regla.

A lord Arthur lo conmovió mucho aquel buen recuerdo de lady Clementina y pensó que el señor Podgers tenía realmente que asumir una seria responsabilidad en aquel asunto. Su amor por Sybil prevaleció, sin embargo, sobre cualquier otra emoción; y la plena conciencia de que había cumplido con su deber lo tranquilizó y le dio ánimo. Al llegar a Charing Cross, se sintió completamente dichoso. Los Merton lo recibieron con mucho afecto. Sybil le hizo prometer que no volvería a dejar que ningún obstáculo se interpusiera entre ellos y quedó fijada la boda para el 7 de junio. La vida le parecía, una vez más, brillante y hermosa, y toda su antigua alegría renacía en él.

Sin embargo, pocos días después, cuando estaba haciendo el inventario de la casa de Curzon Street con el abogado de lady Clementina y con Sybil, quemando paquetes con cartas amarillentas y desechando extrañas cosas inservibles, de pronto la joven lanzó un grito de alegría.

–¿Qué encontraste, Sybil? –inquirió lord Arthur, levantando la cabeza y sonriendo.

–Esta bombonerita de plata. ¡Es preciosa! Parece holandesa. ¿Me la regalas? Las amatistas no me sentarán bien, creo yo, hasta que tenga ochenta años.

Era la cajita con la cápsula de aconitina.

Lord Arthur se estremeció y un rubor repentino inflamó sus mejillas. Ya casi no se acordaba de lo que había hecho y le pareció una extraña coincidencia que fuese Sybil, por cuyo amor pasó todas aquellas angustias, la primera en recordárselo.

–Es tuya, desde luego. Fui yo quien se la regaló a lady Clem.

–¡Oh, gracias, Arthur! ¿Y este bombón, me lo das también? No sabía que le gustaban los dulces a lady Clementina. La creía demasiado intelectual.

Lord Arthur se quedó intensamente pálido y una idea horrible cruzó por su imaginación.

–¿Un bombón, Sybil? ¿Qué quieres decir? –preguntó con voz ronca y apagada.

–Sí; hay un bombón adentro; uno solo, rancio ya y sucio... No me resulta nada apetitoso. Pero ¿qué sucede, Arthur? ¡Estás muy pálido!

Lord Arthur saltó de su silla y tomó la bombonera. Dentro de ella estaba la cápsula color ámbar, con su glóbulo de veneno. ¡A pesar de todos sus esfuerzos, lady Clementina había fallecido de muerte natural!

La conmoción que le produjo aquel descubrimiento fue superior a sus fuerzas. Tiró la cápsula al fuego y se desplomó sobre el sofá con un grito desesperado.

V

El señor Merton se quedó muy desconsolado por la segunda postergación y lady Julia, que tenía encargado ya su vestido para la boda, hizo todo lo que pudo para convencer a Sybil de la necesidad de una ruptura. A pesar del inmenso cariño que Sybil sentía por su madre, había entregado su vida a lord Arthur y nada de lo que aquélla le dijo pudo torcer su voluntad.

En cuanto a lord Arthur, necesitó muchos días para reponerse de su cruel decepción y, por un periodo, estuvo muy nervioso. Sin embargo, recobró pronto su excelente sensatez, y su criterio sano y práctico no lo dejó titubear durante mucho tiempo sobre la conducta que debía seguir.

Ya que el veneno había fallado por completo, era preciso emplear la dinamita o cualquier otro explosivo de este género.

Por consiguiente, examinó de nuevo la lista de sus amigos y parientes, y después de maduras reflexiones, decidió hacer volar a su tío, el deán de Chichester. A éste, que era un hombre de gran cultura y talento, le entusiasmaban los relojes. Tenía una colección maravillosa de aparatos para medir el tiempo; colección que abarcaba desde el siglo xv hasta nuestros días. Le pareció a lord Arthur que aquella manía del buen deán le proporcionaba una excelente excusa para realizar sus planes. Pero conseguir una máquina explosiva era ya otra cosa.

La guía telefónica de Londres no le daba ninguna indicación al respecto y pensó que sería de muy poca utilidad dirigirse a Scotland Yard: allí no se enteran nunca de los hechos y movimientos del partido que utiliza la dinamita sino después de una explosión y, aun entonces, no del todo.

De pronto pensó en su amigo Rouvaloff, un joven ruso de tendencias revolucionarias, a quien había conocido el invierno anterior en casa de lady Windermere.

Al parecer, el conde de Rouvaloff estaba escribiendo una biografía de Pedro el Grande. Fue a Inglaterra con el propósito de estudiar los documentos referentes a la estadía del zar en ese país, en calidad de carpintero naval; pero todos sospechaban que era agente nihilista y era evidente que la embajada rusa no veía con buenos ojos su presencia en Londres.

Lord Arthur pensó que aquél era el hombre que le convenía y una mañana se trasladó a su casa de Bloomsbury para pedirle consejo y ayuda.

–¿Al fin piensa usted participar seriamente en política? –preguntó el conde de Rouvaloff, cuando lord Arthur le expuso el objeto de su visita.

Pero éste, que detestaba todo tipo de ostentación, se vio obligado a explicarle que las cuestiones sociales no ofrecían el menor interés para él y que necesitaba un explosivo para un asunto puramente familiar.

El conde de Rouvaloff lo contempló un momento sorprendido y luego, viendo que hablaba completamente en serio, escribió una dirección en un pedazo de papel, firmó con sus iniciales y se lo dio a lord Arthur, diciendo:

–Scotland Yard daría cualquier cosa por conocer esa dirección, mi querido amigo.

–No la sabrá –exclamó lord Arthur, echándose a reír.

Y después de estrechar cordialmente la mano del joven ruso, se precipitó escaleras abajo y ordenó a su cochero que lo llevara a Soho Square.

Una vez allí, lo despidió y siguió por Greek Street hasta llegar a Bayle's Court. Cruzó un pasaje y se encontró en un curioso callejón sin salida, que parecía ocupado por una lavandería francesa, pues de una casa a otra se extendía toda una red de sogas, cargadas de ropa blanca, que agitaban el aire matinal.

Lord Arthur fue derecho al final del callejón y golpeó en una pequeña casa pintada de verde. Después de una corta espera, durante la cual todas las ventanas del vecindario se llenaron de ojos curiosos, abrió la puerta un extranjero, de aspecto bastante hosco, que le preguntó en malísimo inglés qué deseaba. Lord Arthur le entregó el papel que le había dado el conde de Rouvaloff. Después de leerlo, el individuo se inclinó, invitando a lord Arthur a entrar en una habitación reducidísima de la planta baja. Pocos minutos después, Herr Winckelkopf, como lo llamaban en Inglaterra, entró apresuradamente en la sala con una servilleta al cuello, manchada de vino, y un tenedor en la mano izquierda.

–El conde de Rouvaloff –dijo lord Arthur, saludando– me ha dado ese papel de presentación para usted y deseo vivamente que me conceda una breve entrevista por una cuestión de negocios. Me llamo Smith... Robert Smith, y necesito que me proporcione un reloj explosivo.

–Encantado de recibirlo, lord Arthur –replicó el pequeño y cordial alemán, riéndose–. No me mire usted con esa cara de asustado. Es mi deber conocer a todo el mundo y recuerdo haberlo visto una noche en la casa de lady

Windermere; espero que su amiga esté bien de salud. ¿Quiere usted acompañarme mientras termino de almorzar? Tengo un excelente pâté y mis amigos llevan su bondad hasta afirmar que mi vino del Rin es mejor que cualquiera de los se beben en la embajada de Alemania.

Y antes de que lord Arthur hubiese salido de su asombro, se encontró sentado en la salita del fondo, bebiendo a sorbos un Marcobrünner de los más deliciosos en una copa amarillo pálido, grabada con el monograma imperial, y charlando de la manera más amistosa con el famoso conspirador.

–Los relojes de explosivos –dijo Herr Winckelkopf– no son buenos artículos para exportar, ni aun consiguiendo hacerlos pasar por la aduana. El servicio de trenes es tan irregular que, por regla general, estallan antes de llegar a su destino. A pesar de ello, si necesita usted uno de esos aparatos para uso doméstico, puedo proporcionarle un artículo excelente, garantizándole que quedará satisfecho con el resultado. ¿Puedo preguntarle a qué fin piensa destinarlo? Si es para la policía o para alguien relacionado con Scotland Yard, lo sentiré muchísimo, pero no puedo hacer nada por usted. Los detectives ingleses son realmente nuestros mejores amigos y he comprobado siempre que, teniendo en cuenta su estupidez, podemos hacer todo lo que se nos antoja. No quisiera tocar ni un pelo de sus cabezas.

–Le aseguro –replicó lord Arthur– que esto no tiene nada que ver con la policía. Para que usted lo sepa: el mecanismo de relojería está destinado al deán de Chichester.

–¡Caramba! No podía imaginarme ni por lo más remoto que fuese usted tan exaltado en materia religiosa, lord Arthur. Los jóvenes de hoy no se apasionan por eso.

–Creo que me alaba usted demasiado, Herr Winckelkopf –dijo lord Arthur, ruborizándose–. El hecho es que no sé nada de teología.

–¿Se trata entonces de un asunto personal?

–Exclusivamente personal.

Herr Winckelkopf se encogió de hombros y salió de la habitación. Unos minutos después reapareció con un cartucho redondo de dinamita, del tamaño de un penique, y un precioso reloj francés, rematado por una pequeña figura de la Libertad en bronce dorado aplastando a la hidra del despotismo.

El semblante de lord Arthur se iluminó de alegría al verlo.

–Esto es precisamente lo que necesito. Y ahora dígame usted cómo estalla.

–¡Ah, ése es mi secreto! –respondió Herr Winckelkopf, contemplando su invento con una lógica mirada de orgullo–. Dígame usted únicamente cuándo desea que estalle y regularé el mecanismo para el momento indicado.

–Bueno; hoy es martes y si puede usted mandármelo enseguida...

–Imposible. Tengo una infinidad de encargos; entre otros, un trabajo importantísimo para unos amigos de Moscú. Pero, a pesar de todo, se lo mandaré mañana.

–¡Oh! Llegará todavía a tiempo –dijo lord Arthur cortésmente– si me lo entrega mañana por la noche o el jueves por la mañana. En cuanto al momento de la explosión, fijémoslo para el viernes al mediodía en punto. A esa hora el deán está siempre en su casa.

–¿El viernes al mediodía? –repitió Herr Winckelkopf.

Y tomó nota en un gran libro abierto sobre una mesa, al lado de la chimenea.

–Y ahora –dijo lord Arthur, levantándose–, por favor, dígame cuánto le debo.

–Muy poca cosa, lord Arthur; se lo voy a poner al precio de costo. La dinamita vale siete chelines con seis peniques; la maquinaria de relojería, tres libras con diez chelines y el envío, unos cinco chelines. Me complace sobremanera poder servir a un amigo del conde de Rouvaloff.

–Pero ¿y sus molestias, Herr Winckelkopf?

–¡Oh, nada! Tengo un verdadero placer en ello. No trabajo por el dinero; vivo exclusivamente para este arte.

Lord Arthur puso cuatro libras, dos chelines y seis peniques sobre la mesa, dio las gracias al pequeño alemán por su amabilidad y, rehusando lo mejor que pudo una invitación para entrevistarse con varios anarquistas en un té el sábado siguiente, salió de la casa de Herr Winckelkopf y se fue al parque.

Lord Arthur pasó los dos días siguientes en un gran estado de agitación. Y el viernes, al mediodía, fue al Club Buckingham en espera de noticias. El impasible portero de servicio se pasó toda la tarde colocando en la cartelera telegramas de todos los rincones del país, con los resultados de las carreras de caballos, las sentencias de divorcio, el estado del tiempo y otras informaciones semejantes, mientras la cinta telegráfica imprimía los detalles más aburridos sobre la sesión nocturna de la Cámara de los Comunes y sobre un ligero pánico que hubo en la Bolsa de Londres.

A las cuatro llegaron los diarios de la noche y lord Arthur desapareció en el salón de lectura con el *Pall Mall*, el *Saint James's*, el *Globe* y el *Echo*, ante la gran indignación del coronel Goodchild, que quería leer el extracto de un discurso que había pronunciado aquella mañana en Mansion House sobre las misiones sudafricanas y la conveniencia de tener en cada provincia un obispo negro. Ahora bien: el coronel sentía, no se sabe por qué, un gran prejuicio hacia el *Evening News*. Ninguno de aquellos periódicos contenía, sin embargo, la menor alusión a Chichester, y lord Arthur comprendió que el atentado había fracasado. Fue para él un terrible golpe y, durante algunos minutos, permaneció muy abatido. Herr Winckelkopf, a quien visitó al día siguiente, le dio un sinfín de excusas sofisticadas, comprometiéndose a proporcionarle otro reloj, que abonaría él mismo, o una caja de bombas de nitroglicerina a precio de costo. Pero lord Arthur no tenía ya ninguna confianza en los explosivos y Herr Winckelkopf reconoció que hoy día estaba todo tan falsificado que era difícil conseguir hasta dinamita sin adulterar. Sin embargo, el alemán, aun admitiendo que el mecanismo de relojería podía ser defectuoso en alguna pieza, confiaba todavía en que el resorte del reloj funcionara. Para sustentar su tesis, citó el caso de un barómetro que había enviado una vez al gobernador militar de Odessa. Estaba preparado para estallar al décimo día y tardó tres meses en hacerlo. También era verdad que, cuando estalló, no hizo añicos más que a una sirvienta, pues el gobernador había salido de la ciudad seis semanas antes;

pero, al menos, aquello demostraba que la dinamita, regida por un mecanismo de relojería, era un poderoso agente, aunque algo impuntual. Lord Arthur se quedó un poco más tranquilo con aquella reflexión; pero estaba predestinado a sufrir un nuevo desengaño. Dos días después, cuando subía la escalera, la duquesa lo llamó a su tocador y le mostró una carta que acababa de recibir del deanato.

–Jane me escribe unas cartas encantadoras –le dijo–; lee esta última; es tan interesante como algunas de las novelas que nos envían de Mudie.

Lord Arthur se la arrebató de las manos; estaba redactada en los siguientes términos:

Deanato de Chichester, 27 de mayo

Queridísima tía:

Mil gracias por las telas que me mandó para el asilo Dorcas. Estoy completamente de acuerdo con usted en estimar absurdo ese afán por lucir cosas llamativas; pero hoy día todo el mundo es tan radical y tan poco religioso, que resulta difícil hacerles ver que no deben adoptar los gustos y la elegancia de la clase alta. ¡Realmente no sé adónde vamos a llegar! Como dice papá a menudo en sus sermones, vivimos en una época de incredulidad.

En estos días, nos hemos divertido mucho con motivo de un reloj enviado a papá el jueves pasado por un admirador desconocido. Llegó de Londres, con envío pago, en una cajita de madera, y papá cree que se lo ha mandado algún oyente de su notable sermón sobre el tema "¿El libertinaje es libertad?", pues el reloj está coronado por una figura de mujer con un gorro frigio en la cabeza. Yo no creo que esto sea muy correcto, pero papá dice que es histórico, y tendrá sus razones. Parker desembaló el objeto y papá lo puso sobre la repisa, en la chimenea de la biblioteca. Estábamos todos sentados en esa habitación el viernes pasado por la mañana cuando, en el preciso momento en que el reloj daba las doce, oímos una especie de zumbido, salió un poco de humo del pedestal de la figura ¡y la diosa de la Libertad se desprendió, rompiéndose la nariz contra el reborde de la chimenea! María se impresionó mucho, pero fue realmente una cosa tan ridícula, que James y yo estuvimos riéndonos un buen rato, y papá mismo se divirtió. Cuando examinamos el reloj, vimos que era una especie de despertador y que, poniendo la aguja sobre una hora determinada y colocando pólvora y un fulminante debajo del martillo, se producía el estallido a voluntad. Papá dijo que era un reloj demasiado ruidoso para tenerlo en la biblioteca; así que Reggie se lo llevó al colegio y allí sigue produciendo pequeñas explosiones durante todo el día. ¿Cree usted que le gustaría a Arthur uno de éstos como regalo de bodas? Supongo que debe de estar muy de moda en Londres. Papá dice que estos relojes sirven para hacer un bien, porque enseñan que la libertad no es duradera y que su reinado acaba en un desmoronamiento. Dice también que la libertad fue inventada en tiempos de la Revolución Francesa. ¡Es una cosa atroz!

Voy a ir dentro de un momento al asilo Dorcas y les pienso leer su carta, tía, tan instructiva. ¡Qué cierta es su idea de que, dada su clase de vida, no deberían llevar lo que no les corresponde ni les sienta bien! Creo realmente que su preocupación por el vestir es absurda, habiendo tantas otras cosas importantes en que pensar en este mundo y en el futuro. Me alegro mucho de que su popelín floreado haya resultado tan bueno y de que el encaje no se haya roto. El miércoles llevaré a casa del obispo el vestido de raso amarillo que usted tuvo la amabilidad de regalarme; creo que hará un gran efecto. ¿Tiene usted lazos, tía? Jennings dice que ahora todo el mundo lleva lazo y que las enaguas se usan planchadas como para que formen pliegues. Reggie acaba de presenciar una nueva explosión. Papá mandó llevar el reloj a la caballeriza; me parece que no aprecia este reloj tanto como al principio, aunque lo halague mucho haber recibido un regalo tan bonito e ingenioso, pues demuestra que sus sermones se escuchan y sirven de enseñanza. Papá le envía recuerdos e igualmente James, Reggie y María, que esperan que tío Cecil esté mejor de su gota.

Ya sabe usted, querida tía, cuánto la quiere su sobrina,

Jane Percy

Posdata.– Contésteme lo de los lazos. Jennings insiste en que están muy de moda.

Lord Arthur contempló la carta con un aire tan serio y triste, que la duquesa se echó a reír.

–¡Mi querido Arthur! –exclamó–, no volveré a mostrarte una carta de una muchacha. Pero ¿qué piensas de ese reloj? Me parece un invento verdaderamente curioso y me gustaría tener uno así.

–No me inspiran gran confianza esos relojes –dijo lord Arthur con una triste sonrisa.

Y después de besar a su madre, salió de la habitación.

No bien llegó a la suya, se desplomó sobre un sofá con los ojos llenos de lágrimas. Había hecho todo lo posible para cometer el crimen, pero fracasaron sus tentativas dos veces, sin que él tuviese la culpa. Intentó cumplir con su deber, pero parecía que el destino lo traicionaba. Estaba abrumado por el sentimiento de esterilidad de sus buenas intenciones, por la inutilidad de sus esfuerzos en un acto honrado. Quizá fuera mejor romper su compromiso con Sybil. Ella sufriría, eso sí; pero el dolor no podría aniquilar un carácter tan noble como el suyo. En cuanto a él, ¿qué importaba? Siempre hay alguna guerra en la que un hombre puede hacerse matar o una causa por la que puede dar su vida. Y si la vida no tenía aliciente para él, la muerte no lo aterraba. ¡Que se cumpliese su destino! No haría nada para evitarlo.

Se vistió a las siete y media y marchó al club. Allí estaba Surbiton con un grupo de jóvenes y lord Arthur se vio obligado a cenar con ellos. Su frívola conversación, sus gestos indolentes no le interesaban y, en cuanto sirvieron el café, los dejó con la disculpa de una cita. Al salir del club, el conserje le entregó una carta. Era de Herr Winckelkopf, invitándolo a ir la noche siguiente a ver un paraguas explosivo que estallaba al abrirse, la última palabra en tales inventos, que acababa de llegar de Ginebra. Lord Arthur rompió la carta en pedacitos. Estaba decidido a no realizar nuevos experimentos. Vagó luego por los alrededores del Támesis y permaneció varias horas sentado a orillas del río. La luna asomó a través de un velo de nubes rojizas, como si fuera el ojo de un león, e innumerables estrellas salpicaron de lentejuelas el firmamento insondable, como un polvillo dorado extendido sobre la cúpula purpúrea. De cuando en cuando, una enorme barca se balanceaba sobre el río cenagoso y se deslizaba siguiendo la corriente. Las señales del ferrocarril, primero verdes, se volvían rojas a medida que los trenes atravesaban el puente con estruendo. Al poco rato, sonaron las doce con un ruido sordo en la torre de Westminster y la noche pareció vibrar con cada sonora campanada. Después se apagaron las luces de la vía. Sólo una siguió brillando como un gran rubí sobre un poste gigantesco y el rumor de la ciudad fue debilitándose. A las dos, lord Arthur se levantó y se encaminó paseando hacia Blackfriars. ¡Qué irreal! ¡Qué semejante a un extraño sueño veía todo! Al otro lado del río, las casas parecían surgir de las tinieblas. Se habría dicho que la plata y la oscuridad habían reconstruido el mundo. La enorme cúpula de St. Paul se dibujaba como un globo en la atmósfera negruzca.

Al acercarse al Obelisco de Cleopatra, lord Arthur divisó un hombre asomado a la baranda del río y, cuando llegó, la luz del farol, que caía de lleno sobre la cara, le permitió reconocerlo.

¡Era el señor Podgers, el quiromántico! El rostro carnoso y arrugado, los anteojos de oro, la sonrisa enfermiza y la boca sensual del quiromántico eran inconfundibles.

Lord Arthur se detuvo. Una idea brillante lo iluminó como un relámpago. Se deslizó suavemente hacia Podgers y, en un segundo, lo tomó de las piernas y lo tiró al Támesis. Se oyó una blasfemia, el ruido de un chapoteo y... nada más. Lord Arthur contempló con ansiedad la superficie del río, pero no pudo ver más que el sombrero del quiromántico, que giraba en un remolino de agua plateada por la luna. Al cabo de unos minutos, el sombrero desapareció también y ya no quedó ninguna huella visible de Podgers. Hubo un momento en que lord Arthur creyó divisar una silueta voluminosa y deforme que se abalanzaba hacia la escalerita próxima al puente. Pero casi enseguida se agrandó el reflejo de aquella imagen y, cuando volvió a salir la luna, desapareció definitivamente.

Entonces pensó que había cumplido con los mandatos del destino. Lanzó un profundo suspiro de alivio y el nombre de Sybil afloró a sus labios.

–¿Se le ha caído a usted algo? –dijo de repente una voz a su espalda.

Giró bruscamente y vio a un policía con su linterna.

–Nada que valga la pena –contestó sonriendo; y, tomando un coche que pasaba, ordenó al cochero que lo llevara a Belgrave Square.

Los días que siguieron al suceso se sintió a veces alegre y a veces preocupado. Había momentos en que casi esperaba ver entrar a Podgers en su cuarto; y sin embargo, otras veces comprendía que el destino no podía ser tan injusto con él. Fue dos veces a casa del quiromántico, pero no pudo decidirse a tocar el timbre. Deseaba con toda su alma conocer la verdad y, al mismo tiempo, la temía.

Y al fin la supo. Estaba sentado en el salón de fumadores del club y tomaba el té escuchando, aburrido, a Surbiton, que le cantaba la última canción cómica del Gaiety, cuando el criado trajo los diarios vespertinos.

Tomó el *St. James's*, y estaba hojeándolo distraídamente cuando de repente chocaron sus ojos con estos titulares:

SUICIDIO DE UN QUIROMÁNTICO

Palideció de emoción y empezó a leer el artículo, redactado en los siguientes términos:

Ayer por la mañana, a las siete, fue hallado el cuerpo del señor Septimus R. Podgers, el eminente quiromántico, devuelto por el río, en la ribera de Greenwich, frente al hotel Ship. Este desdichado señor desapareció hace unos días y en el ambiente quiromántico había una gran inquietud respecto de su paradero. Se supone que se suicidó por influjo de un trastorno momentáneo de sus facultades mentales, provocado por un trabajo excesivo. Así lo ha reconocido unánimemente el dictamen forense emitido esta tarde. Podgers había concluido un tratado completo sobre la mano humana, que será publicado en breve y ha de suscitar, sin duda alguna, un gran interés. El difunto tenía sesenta y cinco años y, según parece, no ha dejado familia.

Lord Arthur salió precipitadamente del club, con el periódico en la mano, ante el gran asombro del conserje, que intentó inútilmente detenerlo, y se hizo conducir a Park Lane a toda prisa. Sybil, que estaba en la ventana, lo vio llegar y algo pareció decirle que traía buenas noticias. Corrió a su encuentro y, al mirarlo a la cara, comprendió que todo marchaba bien.

—¡Mi querida Sybil —exclamó lord Arthur—, casémonos mañana!

—¡Qué loco! ¡Y el pastel de boda sin encargar! —replicó Sybil, riéndose entre lágrimas.

VI

Cuando se celebró la boda, unas tres semanas después, la iglesia de St. Peter estuvo llena de una verdadera multitud de personas de la más elevada alcurnia. Ofició de un modo conmovedor el deán de Chichester. Y todos los asistentes estuvieron de acuerdo en reconocer que no habían visto nunca una pareja tan encantadora como la que formaban los novios. Eran más que hermosos y, sin embargo, eran felices. No sintió lord Arthur un solo momento lo que había sufrido por amor a Sybil y ella, por su parte, le daba lo mejor que puede ofrecer una mujer a un hombre: respeto, ternura y amor. En su caso, la realidad no mató su novela romántica. Y conservaron siempre la juventud de sus sentimientos.

Algunos años después, cuando tuvieron dos preciosos niños, lady Windermere fue a visitarlos a Alton Priory, una antigua y encantadora finca, regalo de bodas del duque a su hijo; y estando sentada una tarde con Sybil, bajo un tilo, en el jardín, contemplando al niño y a la chiquita, que jugaban correteando por el rosedal como dos suaves rayos de sol, tomó de pronto las manos de Sybil y dijo:

–¿Eres feliz, Sybil?

–¡Sí, mi querida lady Windermere; soy feliz! ¿Y usted no lo es?

–No tengo tiempo de serlo, Sybil; me encariño siempre con la última persona que me presentan. Pero generalmente, en cuanto la conozco a fondo, me aburre.

· –¿No la entretienen ya sus leones, lady Windermere?

–¡Oh, amiga mía! Los leones no sirven más que para una temporada. En cuanto se cortan la melena se convierten en los seres más insufribles del mundo. Además, si una es cariñosa con ellos, se portan ellos, en cambio, muy mal con una. ¿Te acuerdas de aquel horrible señor Podgers? Era un temible impostor. Como es natural, al principio no lo noté y hasta cuando me pidió dinero se lo di; pero no podía yo soportar que intentara seducirme. Me ha hecho realmente odiar la quiromancia. Ahora mi pasión es la telepatía. Resulta mucho más divertida.

–Aquí no puede hablarse mal de la quiromancia, lady Windermere. Es la única materia sobre la cual a Arthur no le gustan las bromas. Le aseguro a usted que la toma completamente en serio.

–¿No querrás decirme, Sybil, que tu marido cree en ella?

–Pregúnteselo usted y lo verá, lady Windermere. Aquí viene.

Lord Arthur se acercaba, en efecto, por el jardín, con un gran ramo de rosas amarillas en la mano y sus dos hijos jugueteando a su alrededor.

–¿Lord Arthur?

–Dígame, lady Windermere.

–¿Se atreverá usted realmente a decir que cree en la quiromancia?

–Claro que sí –respondió el joven, sonriendo.

–Pero ¿por qué?

–Porque le debo toda la dicha de mi vida –murmuró él, arrellanándose en un sillón de mimbre.

–¿Qué le debe usted, mi querido lord Arthur?

–A Sybil –contestó él, ofreciendo las rosas a su mujer y mirándose en sus ojos color violeta.

–¡Qué tontería! –exclamó lady Windermere–. ¡No he oído en mi vida una tontería semejante!

Título original: "Lord Arthur Saville's Crime", 1891.
Tomado de *El crimen de Lord Arthur Saville y otros relatos*,
Aguilar, Madrid, 1994.

Estudio de *Crimen y misterio*

Por Pablo De Santis

[Biografía de los autores]

Thomas Hardy

Nació en 1840 en Bockhampton. Fue, además de escritor, arquitecto. Construyó casas, restauró iglesias y diseñó su propio hogar, llamado Max Gate, en Dorchester. En 1873 dejó la arquitectura como profesión y se dedicó por entero a la literatura. *Tess d'Uberville* y *Jude el oscuro* son sus novelas más importantes. También publicó colecciones de cuentos. En 1912 tuvo oportunidad de corregir toda su obra, ya que entonces se hizo una edición definitiva de todos sus textos. A fin de ese mismo año, como si todo un gran capítulo de su vida se cerrara, murió su esposa Emma. Hardy escribió en sus últimos años una autobiografía. Murió el 11 de enero de 1928; su cuerpo fue inhumado en la Abadía de Westminster, pero su corazón fue enterrado en la tumba de su esposa.

O Henry

Es el seudónimo que utilizó William Sidney Porter, un clásico del cuento norteamericano. Nació en Carolina del Norte en 1862. Trabajó en la farmacia de su tío y más tarde en Texas, en un rancho donde criaban ovejas. En 1884 firmó por primera vez con su seudónimo, que sacó del grito que recibía su gato cada vez que cometía un desmán: ¡Oh, Henry! En la ciudad de Austin, Texas, trabajó en un banco; acusado de desfalco, huyó a Nueva Orleans y luego a Honduras, dejando atrás a su esposa y a su hijo. Volvió cuando le avisaron que su mujer agonizaba. Luego de asistir a su muerte fue detenido y condenado a cinco años en la prisión de Ohio. Cumplió sólo tres, durante los cuales escribió doce cuentos en los que encontró su destino como autor. Al salir de prisión se mudó a Nueva York, donde escribió más de trescientos relatos, que lo convirtieron en el principal escritor del género. Murió el 5 de junio de 1910 en Nueva York.

Jack London

Nació en San Francisco en 1876 con el nombre de John Griffith. Como Poe y como Truman Capote, tomó el apellido de su padrastro; además trocó el John en Jack. Se enroló como marinero y fue buscador de oro en Alaska; se convirtió en un hábil orador callejero para promover el socialismo. A partir de 1903, cuando publicó *El llamado de la selva*, se convirtió en un escritor de éxito. A esta novela siguieron, entre otras, *Martin Eden*, *John Barleycorn* y *El lobo de mar*. En sus novelas y relatos breves no abordó solamente el mundo de la aventura, sino también la fantasía y la ciencia ficción. El relato "La peste escarlata" es una fantasía apocalíptica; su novela *Antes de Adán* retrata el mundo antes de la llegada del hombre.

London fue uno de los primeros narradores en interesarse por el cine y llegó a ver versiones de sus obras. Murió en su rancho en 1916. Tenía sólo cuarenta años y había publicado cincuenta libros. A la leyenda que rodeó a su muerte (suicidio, por razones amorosas) se le han sumado nuevas investigaciones que hablan de una larga enfermedad.

Edgar Allan Poe

uvo, según Borges, una vida "breve y desdichada, si es que la desdicha puede ser breve". Nació en Boston en 1809. Sus padres eran actores que estaban siempre de viaje con su compañía; su padre abandonó pronto la familia y su madre murió cuando Edgar tenía diez años. Lo crió el comerciante John Allan, de quien tomó el apellido. Expulsado de la universidad por no pagar las deudas de juego y de la Academia Militar de West Point por desobediencia, comenzó a vivir del periodismo. En 1836 se casó con su prima, Virginia Clemm, que tenía trece años. La muchacha murió de tuberculosis en 1847.

Se considera a Poe el inventor del cuento policial y del moderno relato de horror. En "La carta robada" está el germen de lo que luego sería la gran tradición policial. Sus otros relatos policiales son "El escarabajo de oro", "El misterio de María Roget" y "Los asesinatos de la rue Morgue". Sus cuentos de horror, en cambio, son mucho más numerosos. "El gato negro", "El corazón delator", "El barril de amontillado", "Ligeia" son algunos de los más conocidos. "La caída de la Casa Usher" y "La verdad sobre el caso del señor Valdemar" son claustrofóbicas obras maestras. Poe murió en Baltimore, el 7 de octubre de 1849, en medio de delirios producidos por el alcohol.

Robert Louis Stevenson

Nació en Edimburgo en 1850. Provenía de una familia de ingenieros marítimos acostumbrados a construir faros y diques, y que le reservaban un destino similar. Stevenson, en cambio, abandonó sus estudios y trasladó la ingeniería a sus cuidadas estructuras narrativas. Su vida estuvo marcada por la enfermedad; la tuberculosis lo llevó a centros curativos en distintos países y en los últimos años de su vida, a las islas del Pacífico. En 1879 emprendió un largo viaje por Estados Unidos en busca de Fanny Osbourne, una norteamericana, casada y quince años mayor. La encontró, ella se divorció, se casaron y permaneció con ella hasta el fin.

Sus primeros libros fueron crónicas, entre ellos *Un viaje al continente* y *Viajes con una burra a las Cévennes*. Su fama comenzó en 1881 gracias a *La isla del tesoro* (que publicó por entregas), y a la que siguieron *Secuestrado* (conocido en español como *Las aventuras de David Balfour*) y *El extraño caso del doctor Jekyll y el señor Hyde*. En 1890 se instaló cerca de Apia, capital de Samoa, donde construyó una casa llamada Vailima, "casa de los cinco ríos". Allí murió el 3 de diciembre de 1894 de un ataque de apoplejía. El éxito de sus novelas y su alejamiento del mundo lo convirtieron aun en vida en una figura legendaria.

Oscar Wilde

Nació en Dublín el 16 de octubre de 1854. Fue un estudiante brillante que ganó todos los premios escolares. Publicó su primer libro de poemas en 1881; luego continuó con relatos para niños: *El príncipe feliz y otras historias* (1888), y con una novela: *El retrato de Dorian Gray* (1890). El tema de este libro es fantástico: el hallazgo de la eterna juventud. Es también un tratado sobre el dandismo: arte de la elegancia, la extravagancia y el ingenio. Un pintor retrata a un joven llamado Dorian Gray; los años lo llevan por el camino del mal, pero no dejan una sola huella en su cara. El retrato, mientras tanto, se llena de arrugas provocadas por el tiempo y de marcas trazadas por la aberración moral.

La buena recepción que tuvo su obra *El abanico de lady Windermere* (1892) lo llevó a dedicarse con entusiasmo al teatro. A esa obra le siguieron *Una mujer sin importancia* (1893), *Un marido ideal* (1895) y *La importancia de ser honesto* (1895).

Ese mismo año la vida de Oscar Wilde entró en una zona de sombras, a partir de la insensata querella que le entabló al marqués de Queensberry, padre de su amante Alfred Douglas, por haberlo acusado de homosexualidad. Wilde, el demandante, terminó condenado a dos años de trabajos forzados que destruyeron su salud. Apenas dejó la prisión viajó a Italia y luego a Francia bajo el nombre de Sebastián Melmoth, seudónimo de referencias literarias (*Melmoth el vagabundo* es una novela gótica del irlandés Charles Maturin). Vivió de la caridad de sus amigos hasta que el 16 de octubre de 1854 murió en París, en un cuarto del Hotel de Alsacia. Antes de entrar en agonía, se despidió con un epigrama: "Muero como he vivido: por encima de mis posibilidades".

Siete disparos

Deducción *vs.* acción

Habitualmente se considera que hay dos corrientes en el relato detectivesco. Por un lado, los puros razonadores que tratan el crimen como si fuera un enigma lógico. Se llama a esta escuela policial inglés, o policial clásico. Por otro lado están los detectives de la novela negra, preocupados por las circunstancias sociales del crimen y por el origen de las fortunas. El detective de la primera escuela es un descifrador; observa la escena sin transformarla y presta atención a los detalles mínimos. Nunca cambia nada en la escena del crimen. El segundo golpea a sus contrincantes, entra con violencia en habitaciones prohibidas y altera el orden de las cosas. No encuentra la verdad a través de la sutil lectura de las pistas, sino al desgarrar el velo de la apariencia.

Diálogo *vs.* soliloquio

Los relatos del policial clásico necesitan del diálogo entre el que sabe –el detective– y el que no sabe, su atento testigo. Al detective no le basta con investigar, necesita exponer sus razonamientos, mostrar su método, representar el espectáculo espléndido de una inteligencia en acción. En los diálogos platónicos, Sócrates no enuncia directamente la verdad, sino que intenta que su interlocutor la encuentre por sí mismo: así hacen también nuestros detectives. El Auguste Dupin de Poe –que fundó el género policial tal como lo conocemos– tiene como contraparte al anónimo narrador de sus historias. Poirot tiene a Hastings, antiguo oficial; Sherlock Holmes al doctor Watson. Para exaltar la inteligencia y la didáctica del detective, es una regla de oro que su ayudante sea, si no tonto, al menos estrecho de miras, convencional. Borges dedicó uno de sus últimos poemas a Sherlock Holmes y en una de sus estrofas recuerda esta imprescindible compañía:

> *No tiene relaciones, pero no lo abandona*
> *la devoción del otro, que fue su evangelista*
> *y que de sus milagros ha dejado la lista.*
> *Vive de un modo cómodo: en tercera persona.*

El detective nunca es el narrador; es Watson el que tiene que recordar los casos y ponerlos por escrito.

El detective de la novela negra, en cambio, no tiene confidentes: está solo con su conciencia. No tiene un método para encontrar la verdad, sino un código de lealtades para moverse en el mundo.

Razón *vs.* pesadilla

Así, repartida entre la deducción y la violencia, entre las casas de campo inglesas y los bajos fondos de las ciudades norteamericanas, es como se suele considerar la novela policial. Pero hay otra corriente que ha estado presente desde el principio: la novela policial como pesadilla. Desde los comienzos el género, pese a su búsqueda de rigor y de lógica, ha estado muy cerca del gótico y del relato de horror. La pesadilla ha quedado escondida, pero de tanto en tanto aparece. Poe, padre del horror y del policial, los ha hermanado secretamente. En "La carta robada" el enigma es limpio, sin una gota de sangre. Pero en "Los crímenes de la rue Morgue" el doble asesinato es bestial.

Este elemento pesadillesco se ha ido afianzando en el género y un personaje clave de esta transformación es el psicópata. Basta encender el televisor a cualquier hora para encontrar una película con un asesino en serie. Conocemos los argumentos de memoria. El psicópata en general establece alguna comunicación con el detective encargado de perseguirlo, como si quisiera desafiarlo y a la vez enseñarle algo. La lección que antes daba Holmes a Watson, ahora va del psicópata al policía. El asesino serial desplaza la novela policial hasta los límites de la novela de horror.

Cuarto cerrado *vs.* serie

Podemos decir que hay dos clases de crímenes esenciales en el género policial. El primero es el del cuarto cerrado, el segundo el del asesinato en serie. El crimen del cuarto cerrado –cuyo ejemplo más famoso es *El crimen del cuarto amarillo*, de Gastón Leroux– nos muestra un cuerpo tendido en una habitación cerrada por dentro. El espacio físico es mínimo –un cuarto–, pero las señales a interpretar son infinitas, ya que cualquier elemento del cuarto puede servir.

El crimen en serie, en cambio, se desarrolla en un escenario mucho más vasto –una ciudad, quizás un país entero, con sus infinitos caminos, ríos y espacios–, pero un material limitado: los rasgos de las víctimas, las características de las heridas, las huellas sistemáticas que deja la patología del criminal. El crimen en serie puede darse por dos motivos: o bien se trata de un criminal enfermo que actúa debido a un trauma remoto –el psicópata–, o bien se debe a un plan racional. Una novela reciente de un autor argentino, *Crímenes imperceptibles,* de Guillermo Martínez, explora con notable inteligencia el tema de la serie, en este caso de inspiración matemática. Es de especial interés el cuento de Borges "La muerte y la brújula", historia ejemplar y tratado teórico a la vez.

Castillo *vs.* ciudad

De las dos variantes del crimen en serie, el psicópata es el dueño de la irracional. Es el monstruo de las antiguas novelas de terror que termina por hermanar al género policial con el terror. El psicópata respeta muchas de las características del monstruo: la soledad, el dominio sobre un espacio personal marcado por elementos simbólicos y una historia que explica su transformación en lo que es. El psicópata es el monstruo invertido: por fuera es igual a los demás, pero por dentro es el otro. El monstruo tradicional, en cambio, puede albergar, tras su apariencia horrible, rasgos humanos.

Desde luego, no todas las novelas de psicópatas pueden considerarse como novelas de terror: acaso sólo aquéllas en las que el autor encuentra –en la ciudad, en sus alcantarillas, o en la casa del criminal– un equivalente del castillo. Así ocurre con las novelas de Thomas Harris (*Dragón rojo, El silencio de los corderos, Hannibal*), que avanzan progresivamente desde las clásicas escenografías del policial hacia los teatros góticos: hospicios laberínticos, mansiones gigantescas, palacios del Renacimiento. El monstruo, Hannibal Lecter, ya no necesita un castillo, como los viejos monstruos: puede convertir al mundo en castillo.

Policial *vs.* fantástico

Los géneros son países limítrofes con fronteras cambiantes. Algunos cuentos de esta antología nos plantean la curiosa relación que existe entre el policial y el fantástico. En "El crimen de lord Arthur Saville" está el tema de la adivinación del destino en las líneas de la mano; aunque el abordaje es irónico, el cuento juega con la posibilidad de que tal cosa sea posible. El relato de Poe y, con más claridad el de Stevenson, orillan y tal vez cruzan la frontera de lo fantástico. "Markheim", por ejemplo, puede ser leído dentro de la tradición de relatos sobre el doble, a la que también pertenecen "William Wilson", de Poe, y "El doble", de Dostoievsky.

En la novela, con más frecuencia que en el cuento, estos dos géneros se han cruzado. El género fantástico toma del policial la idea de la prueba: no basta sentir que hay una presencia extraña; es preciso comprobar la existencia del fantasma. Si un loco grita que ve apariciones, al lector no le importa; si lo hace un narrador presuntamente objetivo y que tiene una mirada científica –como ocurre en "La verdad sobre el caso del señor Valdemar", presentado como si se tratara de un informe científico– el lector se inquieta.

El relato policial juega todo el tiempo con lo imposible. El detective se enfrenta a menudo con un enigma inexplicable: si el cuarto estuvo cerrado y el criminal no salió por la puerta, ¿qué ocurrió entonces? El relato policial llega hasta las fronteras de lo fantástico cuando se dice a sí mismo: *Esto es imposible. Sólo un fantasma pudo haber salido de aquí.* Pero la habilidad del escritor consiste en encontrar una explicación racional a lo inexplicable.

Crimen *vs.* investigación

El policial está hoy presente no sólo en colecciones exclusivas del género, sino en toda la literatura. Es un género que puso el acento en el armado de la trama más que ningún otro. ¿Pero dónde está hoy su mayor atractivo? ¿En el crimen o en la investigación?

La presencia del crimen permite al género hablar de la vida en las grandes ciudades. Vivimos rodeados de desconocidos, no sabemos qué esconden, no sabemos quiénes son. Aunque pasemos toda la vida en una gran ciudad, siempre será un territorio lleno de lugares desconocidos y peligrosos. El crimen habla del miedo que experimentamos pero también del dinero y de las ambiciones que despierta.

La investigación, por otra parte, nos dice que el camino a la verdad es extremadamente difícil y que hay que saber leer las pistas casi invisibles. Antes del policial la aventura necesitaba de grandes escenarios: selvas, desiertos, mares. A partir de Poe, un cuarto cualquiera puede estar lleno de sorpresas. Se presta atención a lo que no parece importante –una cajita de fósforos, un nombre tachado, una huella en un vaso–; y este modo de mirar ha marcado no sólo a la literatura y al cine, sino a todas las

ciencias humanas. La sensibilidad contemporánea descon-
fía de lo evidente y tiende a buscar la verdad en lo escondido y en lo borrado.

[Índice]

Otros títulos de la serie

Puentes como liebres
Mario Benedetti

Los jefes
Mario Vargas Llosa

Historias pasadas
Antología de cuentos hispanoamericanos
A. Castillo, L. Heker, R. Montero, J. M. Merino, H. Tizón,
H. Uhart, entre otros.

Noches de pesadilla
Antología de cuentos de terror
W. W. Jacobs, B. Stoker, A. Bierce, C. Wells, J. Sheridan
Le Fanu, entre otros.

Este libro se terminó de imprimir en abril de 2008 en
Edamsa Impresiones S.A. de C.V. Av. Hidalgo (antes
Catarroja) No. 111, Col. Fraccionamiento San Nicolás
Tolentino, Deleg. Iztapalapa, 09850, México, D.F.